Maria Braig
Ursula Maria Wartmann

Drei Kinder und ein kleiner Hund

Impressum

www.maria-braig.de
www.ursula-maria-wartmann.de
Umschlag und Illustrationen: www.tuulagrafik.de
Druck: epubli, ein Service der neopubli GmbH, Berlin
Printed in Germany

Maria Braig
Laischaftsstr. 33
49080 Osnabrück

1. Sommerferien

Im Garten des großen alten Hauses saß Nele im Apfelbaum und besah sich die Welt von oben. Hier wohnte sie mit ihren Eltern und ihrer kleinen Schwester Toni und an diesem frühen Abend war sie eigentlich sehr froh: Endlich Sommerferien. Sechs Wochen ohne Schule und ohne Hausaufgaben!

Und dennoch war die zwölfjährige Nele stinksauer. Es war einfach ungerecht.

Sie warf einen unreifen Apfel auf die schwarzweiße Katze, die wie versteinert im Nachbargarten saß und ein Mauseloch hypnotisierte. Die Katze maunzte vor Schreck, als das Geschoss auf ihren angespannten Rücken traf, sprang in die Luft und lief dann davon.

Nele hatte ein schlechtes Gewissen. Eigentlich mochte sie Tiere und es war mies von ihr, ihren Ärger an der unschuldigen Katze auszulassen. Sie würde es wieder gutmachen, nahm sie sich vor und Petronella – was für ein doofer Name für eine Katze – demnächst ein paar Leckerlis bringen. Aber es war einfach alles so gemein, dagegen war der Apfelwurf wirklich harmlos.

Alles hätte so schön sein können, wenn die Eltern ihr Versprechen gehalten hätten. Sie und Toni hatten sich schon so lange auf die geplante Ferienreise gefreut. Etwas ganz Besonderes sollte es in diesem Jahr sein, nachdem der gemeinsame Urlaub im letzten Jahr ausfallen musste, weil Suse und Pit nicht von ihrer Ausgrabungsstelle weggekonnt hatten.

Neles Eltern erforschten, wie die Menschen vor vielen hundert Jahren gelebt hatten, und verbrachten deshalb viel Zeit in fremden Ländern. Dort gruben sie alte Mauern aus und suchten nach Dingen, die tief unter der Erdoberfläche lagen, um herauszufinden, wie die Menschen damals gelebt hatten. Im letzten Jahr waren sie mit ihrem Auftrag nicht rechtzeitig fertig geworden und so musste die geplante Ferienreise ausfallen. In diesem Jahr, so hatten sie Nele und Toni versprochen, würden sie deshalb etwas ganz Besonderes machen.

„Wir werden nach Holland fahren und dort ein Hausboot mieten“, erklärte Suse ihren Töchtern. „Auf dem Boot wohnen wir und fahren damit auf den kleinen Kanälen kreuz und quer durchs ganze Land.“

„Sie übertreibt mal wieder“, mischte sich Pit ein und grinste Nele und Toni verschwörerisch an. „Nicht durchs ganze Land werden wir schippern, nur durch einen Teil davon.“

„Ach Papa“, sagte Nele und rollte mit den Augen. „Nun dachte ich schon, das mit dem Boot stimmt nicht.“

„Genau, ist doch egal ob durch ein ganzes Land oder ein halbes oder ... was ist nochmal die Hälfte von der

Hälfte?“, mischte sich Toni ein. „Aber ist das echt wahr? Wir schlafen auf einem Schiff?“

„Wir schlafen nicht nur auf einem Schiff, wir wohnen dort und kochen und essen und, und, und eben einfach alles.“ Nele war ein bisschen genervt gewesen von Toni, die mal wieder nicht richtig zugehört hatte, aber immer und überall ihren Senf dazu geben musste. Aber die Aussicht auf den gemeinsamen Schiffsurlaub stimmte Nele versöhnlich und sie unterbrach die kleine Schwester nicht mehr, die jetzt eine Frage nach der anderen abfeuerte wie ein Feuerwerk. Als Suse und Pit schließlich wieder zu Wort kamen, erklärten sie, wie so ein Bootsurlaub ablief.

Man konnte anlegen, wo man wollte, so hatten sie erzählt. In einer Stadt, um einzukaufen, oder irgendwo unterwegs an einer Wiese, wo sie sich austoben konnten. Abends würden sie ganz allein an einer besonders schönen Stelle das Boot festmachen, grillen und vom Schiff aus den Sonnenuntergang beobachten. Vielleicht könnten sie sogar am Ufer ein Feuer machen, hatte Pit gemeint, und Stockbrot backen. Sogar selbst das Boot steuern dürften sie, wenn sie wollten, hatten die Eltern versprochen. Alles hatte sehr aufregend geklungen und Nele und ihre kleine Schwester Toni hatten sich total gefreut. Auch, weil sie auf dem Schiff die Eltern wirklich einmal ganz allein für sich hätten. Das Telefon würden sie nur im allerhöchsten Notfall einschalten, also kurz bevor sie untergingen, hatte Suse erklärt und Pit war einverstanden gewesen.

Schon seit Ostern lief Toni, außer wenn sie zur Schule

musste, mit einer Kapitänsmütze auf dem Kopf herum und auch Nele konnte es fast nicht erwarten, zwei ganze Wochen mit den Eltern auf einem Hausboot zu verbringen. Nur eines störte sie dabei: Sie musste die ganze Zeit über Toni aushalten, ihre kleine Schwester, die ihr ziemlich häufig auf die Nerven ging. Lieber wäre sie ganz allein mit den Eltern losgefahren oder besser noch zusammen mit Pham, ihrer besten Freundin, anstatt mit Toni. Aber Pham würde schon in wenigen Tagen mit ihren Eltern das Flugzeug nach Vietnam besteigen, wo sie die gesamten sechs Wochen Sommerferien bei den Großeltern verbringen wollten. Egal, Nele würde auch mit ihrer kleinen Schwester im Schlepptau diesen Sommer so richtig genießen. Manchmal war es ja auch ganz nett mit Toni. Immerhin war sie inzwischen schon acht Jahre alt und einigermaßen zu gebrauchen.

Heute nun war Nele voller Vorfreude auf die Sommerferien zur Schule gegangen. Der letzte Schultag war immer etwas Besonderes. Es wurde nicht mehr wirklich gelernt, sondern die Lehrerin las Geschichten vor oder die Klasse machte gemeinsame Spiele oder andere schöne Dinge. Heute durften sie malen. Die Kinder schoben ihre Tische zusammen, so dass immer sechs von ihnen darum herum Platz fanden, und in der Mitte lagen Papier und Farben für alle.

„Ihr könnt malen was ihr wollt. Vielleicht zeichnet ihr ein Bild davon, was ihr in den Ferien vorhabt“, schlug die Lehrerin vor. „Einzige Pflichtaufgabe: Auf jedem Bild gibt es einen oder mehrere Menschen.“

Es wurde still im Klassenzimmer, man hörte Papier rascheln und Stifte kratzen, aber kaum jemand sagte ein Wort. Alle waren versunken in ihre Malaufgabe. Da rief plötzlich Michelle, die mit Nele an einem Tisch saß, wie immer viel zu laut: „Kann mir mal jemand die Hautfarbe rüberschieben?"

„Welche denn?" fragte Nele, die völlig in ihre Arbeit vertieft war, ohne aufzusehen.

„Häää?", machte Michelle herablassend. „Die Hautfarbe eben, bist du doof?"

Nun sah Nele auf, überlegte kurz und warf Michelle dann ein ganzes Päckchen mit Buntstiften quer über den Tisch zu.

„Ich kann doch nicht wissen, was für Menschen du malst und welche Hautfarbe du brauchst. So braun wie ich oder richtig schwarz wie Joe? Oder doch lieber schweinchenrosa wie du selbst?" Nele lachte los und die anderen am Tisch kicherten ebenfalls. Sie konnte Michelle nicht leiden, die gerne dumme Witze über Neles Göttinger Opa machte, der vor vielen Jahren als Student aus Afrika gekommen und dann dageblieben war, und dem sie und Toni und Suse ihre schöne braune Haut verdankten. Oft erzählte er den Kindern von seiner Heimat Kamerun mit den wunderbaren Landschaften und riesigen Stränden. Nun hatte sie es ihr endlich einmal zurückgeben können. Ein schöner Abschluss, bevor die Ferien begannen, fand Nele, auch wenn die Lehrerin, die nicht mitbekommen hatte, um was es ging, einen tadelnden Blick ihre Richtung warf.

Als ihre Mutter die Haustür öffnete noch bevor Nele geklingelt hatte, wusste sie, dass etwas geschehen war.

„Komm rein“, sagte Suse, „ich muss mit dir reden bevor Toni aus der Schule kommt. Du bist die Vernünftigere von euch beiden, meine Große. Du musst mir helfen, dass Toni nicht gleich wieder ausrastet.“

„Was ist passiert?“, fragte Nele, während sie die Schuhe auszog und spürte, wie ein seltsames und unangenehmes Gefühl ihren Magen füllte, der bis eben noch ganz hungrig geknurrt hatte. „Wo ist Papa?“

„Papa ist in die Stadt gefahren. Einkaufen.“

„Aber wir fahren doch erst nächste Woche in Urlaub, warum gehen wir nicht gemeinsam einkaufen?“, fragte Nele bereits ziemlich beunruhigt.

„Setz dich und höre mir erst einmal zu, bevor du dich aufregst.“

Nele setzte sich widerwillig an den Esstisch und schaute zu Suse auf, die erst vor ihr stand, sich dann abwandte und in der großen Küche hin und herging, während sie sprach.

Vor einigen Tagen war ein Anruf gekommen, der alle ihre Urlaubspläne umwarf, berichtete Suse knapp.

„Jemand hat auf einer Baustelle in Ägypten etwas entdeckt, was unbedingt untersucht werden muss, bevor der Bau weitergehen kann. Es ist sehr dringend und muss sofort gemacht werden.“ Suse wandte sich ihrer Tochter zu. „Deshalb mussten wir die Bootsfahrt stornieren. Es tut mir leid, Nele. Aber im nächsten Jahr ganz bestimmt. Versprochen!“

Nele sprang zornig auf, der Stuhl flog hinter ihr durch die Küche. „Natürlich gibt es keine anderen *Arsch*äologen auf der ganzen Welt, die das tun können, außer euch“, schrie sie. „Das kannst du Toni selbst sagen. Ich hasse euch.“ Mit diesen Worten rannte Nele aus der Küche in den Garten, kletterte auf ihren Apfelbaum und ließ den Tränen freien Lauf.

2. Oma Birgit kocht Schokopudding

Oma Birgit, die sich selbst am liebsten Biggi nannte, fackelte nicht lange, wenn es Probleme gab. Wo gehandelt werden musste, musste gehandelt werden und wenn jetzt bei ihrem Sohn Pit und seiner Familie sozusagen Holland in Not war, dann musste sie eben einspringen. Deshalb hatte sie Suse, die ziemlich aufgelöst bei ihr angerufen hatte, sofort zugesagt.

„Klar, die Kinder können zu mir kommen, das ist doch gar keine Frage, Suse!"

Der Urlaub der vier war also wieder einmal ins Wasser gefallen und die Mädchen taten ihr wirklich leid. Sie selbst, erinnerte sich Oma Birgit, wäre als Kind von sowas auch nicht gerade begeistert gewesen. Inzwischen war sie im Ruhestand und davor war sie lange Zeit Finanzbeamtin gewesen, und zwar eine sehr strenge. Alle wussten, dass sie klare Worte liebte und keinem Konflikt aus dem Weg ging. Auch nicht mit ihren Enkelinnen. Aber ihr Herz war manchmal – wie jetzt in ihrer Küche – eben doch überraschend weich. Auch Oma Birgit war ja mal ein Kind gewesen. Und manchmal erinnerte sie sich daran.

Während sie mit Hingabe eine Gurke schabte, seufzte sie tief. Es hatte schon öfter wegen der Urlaube richtig Stress gegeben. Doch die Ausgrabungen von Archäologie-Teams weit weg von Deutschland verzögerten sich immer wieder einmal, das war eben nicht zu ändern.

Ganz ehrlich? Sie war von der Aussicht, Nele und Toni vier Wochen lang im Schlepptau zu haben, nicht gerade begeistert. Auch wenn Nele ja schon ganz vernünftig war. Wie üblich hatte sie genug eigene Dinge zu tun. Sie hatte eine Menge Freundinnen, sie war im Umweltschutz und bei „Omas for Future“ aktiv und wenn sie bei Demos das Megaphon in die Hand bekam, wackelten die Mauern der umliegenden Häuser. Oma Birgit hatte nicht nur als Gesamterscheinung Volumen, sondern auch in ihrer Stimme. Als Rednerin war sie äußerst beliebt, weil man sie immer bis in die letzten Reihen verstand. Und dann war Oma Birgit auch sehr schlau und sagte deshalb immer sehr schlaue Dinge. Na ja, jedenfalls fast immer. Aber wenn es nicht anders ging, dann würde sie eben einspringen.

Gerade am Telefon hatte Suse fast geweint. Nele hatte, so berichtete sie, das Ganze mit Fassung getragen, auch wenn sie wirklich wütend und frustriert gewesen war, aber Toni hatte geheult und gewütet. Sie hatte sich in ihrem Zimmer eingeschlossen und sich nicht wieder blicken lassen.

„Stell dir vor“, hatte Suse gesagt, „ich habe ihr zum Trost diesen leckeren Schokopudding gemacht, mit einer Extraportion Sahne drauf und ihn ihr sogar auf einem Tablett ins Kinderzimmer gebracht. Aber nichts da. Sie hat zwar aufgemacht, aber dann hat sie gesagt, diesen Puddings isst sie nie, nie mehr in ihrem Leben.“ Jetzt schluchzte Suse doch einmal kurz auf. „Jedenfalls nicht, wenn ich ihn ihr mache. Und dann hat sie mich rausgeschmissen.“ Biggi hatte ein paar beruhigende Worte gemurmelt. In ihren Augen neigte die Frau ihres Sohnes Pit manchmal ein bisschen zur Übertreibung. Nachdem sie aufgelegt hatte, sah sie schnell nach. Ja: Sie hatte noch ein paar Päckchen Schokopudding in der Kammer ihrer großen Altbauwohnung. Und das gemütliche Gästezimmer war eigentlich immer für ihre Enkelkinder vorbereitet. Zur Sicherheit hatte sie auch hier noch einmal nachgesehen.

Das Bett links vom Fenster bekam immer Toni. Oma Birgit hatte die Bettwäsche mit den kleinen bunten Segelschiffen aufgezogen und überlegte, ob das jetzt wohl das Richtige wäre, wo doch ausgerechnet ein Bootsurlaub ins Wasser gefallen war. Vielleicht lieber die Bettwäsche mit den Clowns und den Luftballons? Ach was, dachte sie, papperlapapp! Auch Kinder mussten sich daran gewöhnen, dass das Leben kein Ponyhof war.

Sie drückte den kleinen Teddy, den Toni so liebte, in das Kissen und strich die Decke von Neles Oberbett glatt. Sie sah auf die Uhr. Hilfe! Wo war ihre Yogamatte? Sie musste los.

Biggi, die manchmal etwas aufbrausend war – das hatte Pit dem Himmel sei Dank von ihr nicht geerbt –, hatte einen Kurs bei der Volkshochschule gebucht. „Atem und Entspannung“ hieß der. Sie war schon fünfmal da gewesen und schon viel ruhiger geworden, davon war sie fest überzeugt. Sie schnappte sich die Autoschlüssel und eine Flasche Wasser. Draußen waren noch immer über fünfundzwanzig Grad. Sie war spät dran, jetzt musste sie sich aber beeilen.

Sie riss die Tür zum Treppenhaus auf und erstarrte.

Vor ihr stand Toni mit großen nassen Augen und warf sich aufheulend in ihre Arme.

Insgeheim war in diesem Moment Oma Birgit sehr, sehr froh, dass die Gruppe „Atem und Entspannung" an diesem Abend ohne sie auskommen musste, aber das würde sie natürlich niemals zugeben. Sie nahm Toni in die Arme, drückte und knuffte sie ganz fest und trug sie wie ein Baby in ihre schöne große Altbauküche.

„Wir reden gleich ganz viel, mein Schatz", sagte sie. „Obwohl du siehst ja schon ganz müde aus ..."

Toni nickte und murmelte etwas.

Biggi lief nach nebenan, wo das Telefon ordentlich auf der Ladestation lag, und wählte die Nummer von Suse und Pit.

Tonis Abwesenheit war noch gar nicht bemerkt worden.

„Sie ist hier", sagte Biggi. „Suse, hörst du? Sie stand gerade vor meiner Tür. Lasst sie einfach hier schlafen. Ich liefere sie morgen nach dem Frühstück bei euch wieder ab. Dann habt ihr noch genug Zeit, bis ihr nach Ägypten fliegt. Bis dahin sollten sich die Wogen doch glätten lassen."

Eine Minute später stand Oma Birgit wieder in der Tür zur Küche und sah ihr Enkelkind an. Toni hatte die Hände flach auf den Tisch gelegt und summte mit geschlossenen Augen eine kleine traurige Melodie.

„Mein Schatz", sagte Oma Birgit lauter als nötig und sehr entschlossen. „Ich habe eine megamäßige Superidee."

Sie wartete.

Toni öffnete die Augen zu einem ganz schmalen Schlitz, aber das machte Oma Birgit schon Hoffnung. Sie ging zu Toni, beugte sich über sie, formte ihre Hände zu einem Trichter und wisperte: „Willst du sie hören?“

Einen Moment saß Toni einfach nur da, ganz zögernd und steif und still. „Ja“, wisperte sie dann zurück.

„Ich mach uns Schokopudding“, schrie Oma Birgit nun so laut, dass Toni vor Schreck fast von ihrem Stuhl fiel. „Mit einer Extraportion Sahne drauf.“ Sie machte einen kleinen Tanz Richtung Speisekammer. Mein Gott, war sie froh, dass sie nicht atmen und entspannen musste.

„Ja-a-a!“, schrie jetzt auch Toni und bekam dann einen Lachanfall, als sie ihre Oma so tanzen sah.

„Schoookopudding ...“

3. Smarties für Nele

Das erste was Pit sah, als er mit seinen Einkäufen bepackt das Haus betrat, war eine ziemlich ramponierte Kapitänsmütze, die mitten im Flur auf dem Boden lag. Bei genauerem Hinsehen konnte er auf dem ehemals weißen Stoff zahlreiche Abdrücke von schmutzigen kleinen Schuhsohlen erkennen. Er seufzte, drückte mit dem Knie die Klinke der Küchentür nach unten und stieß die Tür mit dem Fuß an, so dass er, ohne die Kiste abzustellen, die Küche betreten konnte. Er stellte den Karton auf den großen Esstisch, der fast die ganze Küche ausfüllte und machte sich auf die Suche nach seiner Frau.

„Suse, hast du den Mädchen erzählt, dass der Bootsurlaub ins Wasser fällt?“ Pit musste lachen, als er bemerkte, was er gesagt hatte. Der Bootsurlaub fiel ins Wasser – das musste er sich merken, coole Sprüche konnte man immer mal gebrauchen, auch und gerade als ziemlich erwachsener Vater von zwei Töchtern.

Seine Frau kam mit dem Telefon in der Hand aus dem Wohnzimmer.

„Deine Mutter hat eben angerufen. Toni ist bei ihr und bleibt über Nacht. Deine Tochter ist wieder einmal völlig ausgerastet und einfach abgehauen, ohne zu sagen wohin.“

„Meine Tochter? Du verfügst ja selbst auch nicht gerade über die sanftmütigste Natur.“ Er lachte. Das war wieder mal typisch Toni. „Und was ist mit Nele?“

„Wo Nele steckt weiß ich nicht. Sie hat nur was von

*Arsch*äologen vor sich hin genölt und ist beleidigt abgezogen." Suse wirkte erschöpft. „Vermutlich sitzt sie in ihrem Apfelbaum."

Pit nahm Suse in den Arm.

„Alles ziemlich blöd gelaufen, ich kann die beiden ja verstehen. Dieses Mal müssen wir uns etwas wirklich Gutes ausdenken, um wieder in die Familie aufgenommen zu werden."

Er ging zur Tür. „Auf dem Küchentisch stehen die Einkäufe, ich räume sie gleich weg, aber erst sehe ich mal nach, ob ich Nele finde."

Nele beobachtete von oben wie ihr Vater aus dem Haus trat und ohne zu zögern auf den Apfelbaum zuging. Direkt unter ihr blieb er stehen und Nele überlegte kurz, ob sie ihn, wie zuvor Petronella, mit grünen Äpfeln bombardieren sollte, ließ es dann aber sein.

„Komm runter, Nele, Schatz. Toni ist bei Oma Birgit und ich habe eine große Packung Vanilleeis mitgebracht. Dazu jede Menge Smarties. Du kannst also dein Lieblingseis machen und niemand isst dir was weg."

„Ich will deine Smarties nicht", schimpfte Nele vom Baum herunter. „Und überhaupt hat es sich ausgeschatzt. Ich lasse mich doch nicht bestechen. Ihr habt euer Versprechen gebrochen, ihr seid doof und ich hasse euch." Nun warf sie doch einen Apfel. „Hau ab und lass mich in Ruhe!"

„Wie lange willst du denn da oben bleiben?", fragte Pit. „Das kann dir doch egal sein. Ihr seid ja sowieso bald weg und kümmert euch um alte Knochen und Mauern und so

Zeug statt um eure Kinder.“

Nele tat der Hintern weh, sie saß nun schon ziemlich lange auf demselben Ast und irgendetwas drückte immer mehr. Aber nachgeben und runterkommen ging nicht, also richtete sie sich auf, um weiter nach oben zu klettern. In ihrem Zorn passte sie aber nicht auf und trat auf einen Ast, der zu schwach war, um sie tragen zu können. Nele rutschte ab und sauste zwischen den Ästen durch in die Tiefe. Allzu hoch war der Apfelbaum glücklicherweise nicht, aber um sich bei einem Absturz ein paar Knochen zu brechen, reichte es. Pit konnte seine Tochter gerade noch auffangen, verlor dabei aber den Halt und fiel mit Nele im Arm auf den Rücken ins Gras. Nach dem ersten Schrecken begann Pit zu lachen und Nele schaffte es irgendwie, gleichzeitig zu weinen und zu lachen. Pit setzte sich mit Nele im Arm auf.

„Ist alles ganz geblieben bei dir?“, fragte er seine Tochter.

Nele nickte, wischte sich mit ihrem T-Shirt die Nase ab und setzte sich ihrem Vater gegenüber ins Gras.

„Warum habt ihr nur so einen blöden Beruf?“, fragte sie. „Warum könnt ihr nicht wie andere Eltern zu Hause bleiben und mit euren Kindern in Urlaub fahren?“

„Gute Frage.“ Pit dachte angestrengt nach, was Nele an den Falten auf seiner Stirn erkennen konnte.

„Also“, begann er dann, „also es ist so: Wir haben einfach nichts anderes gelernt.“ Er grinste Nele an.

„Das ist nicht witzig“, sagte diese. „Kannst du nicht einfach ernsthaft auf eine ernsthafte Frage antworten?“

„Okay, ich versuche es. Eure Mutter und ich haben beide Archäologie studiert, weil wir uns, auch als wir jung waren, schon sehr dafür interessiert haben, wie die Menschen vor vielen hundert Jahren gelebt haben. Und es macht einfach mehr Spaß, selbst nach Schätzen zu suchen, als in Büchern darüber zu lesen."

„Was denn für Schätze?", fragte Nele.

„Für uns sind das Schätze, die ganzen Dinge, die wir finden, auch wenn es für andere nur alte Knochen, Steine, Münzen und die Reste von Werkzeugen und Töpfen sein mögen."

Pit überlegte kurz, dann sprach er weiter.

„Als wir unser Studium begonnen haben, kannten wir uns noch nicht, deine Mama und ich, und wir haben uns nicht überlegt, dass dieser Beruf, der uns so spannend erschien, später euch Kindern das Leben schwer machen würde. Das tut mir leid, Nele, aber mit neunzehn Jahren denkt man meistens nicht daran, dass man später mal Papa und Mama sein wird. Kannst du das wenigstens ein bisschen verstehen, Nele?"

Nele zuckte mit den Schultern. „Weiß nicht", sagte sie und sah ihren Vater herausfordernd an. „Egal, was du sagst, doof bleibt es doch."

Pit stand auf. „Sieh es mal so: Hätten wir nicht beide Archäologie studiert, hätten wir uns nicht getroffen, Suse und ich. Dann gäbe es euch beide gar nicht, dich und Toni. Also war es doch gut, oder?"

„Wenn ihr sowieso nie da seid", nölte Nele, „dann hättet ihr uns auch gar nicht gebraucht."

„Ach Nele", Pit sah seine Tochter an und stutzte. „Du blutest ja am Arm."

„Nicht so schlimm." Nele besah sich den Riss in ihrem Unterarm und leckte das Blut ab, kleine Tröpfchen drückten sich weiter durch die Haut.

„Komm mit, da muss ein Pflaster drauf."

Nele folgte ihrem Vater ins Haus. Sie war gerade ziemlich erschrocken gewesen, als sie vom Baum fiel und hatte deshalb zunächst den Schmerz nicht gespürt. Jetzt tat es aber doch an verschiedenen Stellen ganz schön weh. Sie hatte sich bestimmt mehrere Blutergüsse geholt und der Riss am Arm blutete nun stärker als zuvor, obwohl Nele immer wieder darüber leckte.

Im Badezimmer hing ein Schränkchen mit allem was man so für kleine Unfälle brauchte und Pit besprühte die Wunde zunächst mit Desinfektionsmittel.

„Aua." Nele zuckte zusammen. Das brannte ziemlich fies, aber sie wollte tapfer sein und ließ sich nicht allzu viel anmerken. Nun holte Pit eine Packung Pflaster aus dem kleinen Schrank, nahm die Schere, die sich ebenfalls an Ort und Stelle befand und wollte einen breiten Streifen davon abschneiden, um ihn über die Wunde zu kleben.

„Nein, ich will das andere Pflaster", protestierte Nele.

„Ups, entschuldige bitte, hab gar nicht so genau hingesehen", sagte ihr Vater, legte die Packung zurück und durchsuchte erfolglos das Notfallschränkchen. „Suse", rief er, „ich kann kein Pflaster für Nele finden. Wo ist das denn?"

„Keins mehr da, tut mir leid", hörte Nele ihre Mutter von

irgendwoher im Haus rufen.

„Mama!“ Nele wurde schon wieder wütend. „Warum hast du keines gekauft? Ich will dieses doofe helle Pflaster nicht, das sieht doch total bescheuert aus auf meinem Arm“, beschwerte sie sich lautstark.

Nun kam Suse angelaufen. „Nele, es tut mir leid, aber erstens bin ich hier nicht die Pflasterbeauftragte. Ihr anderen könnt euch ja auch mal kümmern, oder nicht?“

Nele und ihr Vater schwiegen.

„Zweitens weißt du genau, wie schwierig es ist, unser hautfarbenes Pflaster zu bekommen. Hier im Ort gibt es das nicht und ich habe es zwar bestellt, aber das dauert eben. Nimm doch das Kinderpflaster mit den Einhörnern drauf“, schlug sie vor.

„Ich bin doch kein Baby mehr“, protestierte Nele. „Damit kannst du Toni bekleben.“

„Okay“, sagte Suse. „Plan B für den Notfall. Warte kurz.“

„Was hat sie vor, Papa?“ Nele sah verdutzt hinter ihrer Mutter her, die schon wenige Augenblicke später mit einem dicken Stift in der Hand wieder zurück war.

„Pit, gib mir bitte mal das Pflaster und die Schere.“

Neles Vater reichte seiner Frau das Gewünschte und setzte sich abwartend auf den Rand der Badewanne. Auch Nele wartete gespannt, was nun kommen würde.

Suse schnitt einen breiten Streifen vom Pflaster ab, legte ihn auf die Waschmaschine und malte mit dem Stift so lange darauf herum, bis alles dunkelbraun war. „Brauner Filzstift“, sagte sie stolz. „Frau muss sich eben zu helfen wissen.“ Sie klebte das vollendete Werk über den Riss auf dem Unterarm ihrer Tochter.

Nele besah sich ihren Arm, auf dem das Pflaster nun kaum auffiel. „Passt immer noch nicht ganz, es ist zu dunkel“, sagte sie. „Aber es geht so einigermaßen“, verkündete sie dann nach einer kurzen Pause großzügig.

Pit stand auf, fuhr mit dem Finger über die braunen Striche, die an den Stellen, an denen Suse über die Ränder hinausgemalt hatte, jetzt die Waschmaschine zierten. „Wasserfester Filzstift“, sagte er nur und räumte alles, inklusive Stift – „fürs nächste Mal“ – in den Notfallkasten.

Eigentlich waren die beiden schon in Ordnung, überlegte Nele. Aber so schnell würde sie ihnen trotzdem nicht verzeihen, dass aus dem gemeinsamen Urlaub nun nichts wurde. So leicht würden die Eltern dieses Mal nicht davonkommen, sie würden schon sehen.

Neles Magen knurrte, sie hatte ja aus Wut nichts gegessen, nachdem sie aus der Schule gekommen war, sondern sich gleich auf ihren Apfelbaum verzogen.

Pit sah auf. „Warst du das?“

Als Nele nickte rief er laut: „Suse, dein Kind ist am Verhungern, wir müssen etwas unternehmen.“

„Dann unternimm doch was“, hörte Nele die Stimme ihrer Mutter und musste lachen.

„Ich will Pizza Margherita“, sagte sie. „Und zum Nachtisch Vanilleeis mit Smarties.“

Es wurde ein schöner Abend und Nele vergaß zwischendurch immer wieder, dass sie eigentlich sauer auf ihre Eltern war. Erst holte Pit Pizza für alle, dann gab es eine riesige Portion von Neles Lieblingseis, dann spielten sie stundenlang Mau-Mau, bis alle drei vor Lachen nicht mehr konnten, weil sie immer öfter die falschen Karten ablegten. Und irgendwann sagte Suse: „Dieses Spiel ist Stress pur, ich kann nicht mehr."

Schließlich ließ sich Nele von Pit und Suse zu Bett bringen.

„Willst du noch ein bisschen in deinem neuen Buch lesen?", fragte Suse.

„Ich bin viel zu müde." Nele gähnte. „Aber morgen, den ganzen Tag."

Pit lachte. „Morgen Abend vielleicht. Tagsüber haben wir keine Zeit. Erst müssen wir Toni bei Oma Birgit abholen" – Nele seufzte übertrieben dramatisch – „und dann haben wir noch was vor."

Nele sah nicht mehr, dass Suse ihren Mann fragend ansah. Ihr fielen schon die Augen zu, aber während sie ins Traumland wechselte, hörte sie noch die Stimme ihres Vaters wie aus weiter Ferne: „Ich habe eine großartige Überraschung. Die Mädchen werden begeistert sein."

4. Papa hat eine Idee

Das Kleingartengelände lag in der Nähe des riesigen Einkaufszentrums. Nicht weit davon entfernt gab es ein schönes altes Jugendstilviertel mit alten Bäumen und hübschen Cafés, in dem Oma Birgit schon lange lebte. In der Kleingartenkolonie war es ziemlich ruhig und auch ziemlich schön. Es gab so viele Bäume und Büsche wie Flieder, Holunder und Himbeersträucher und viele Blumen mit spannenden Namen, von denen Nele und Toni noch nie etwas gehört hatten. Akelei hießen sie und Schachbrettblume, Löwenmäulchen oder Jungfer im Grünen. Nele liebte es, Blumen zu bestimmen. Und sie hatte schon ziemlich viel gelernt, seit Suse und Pit vor zwei Jahren dort einen Garten gepachtet hatten. Die Kolonie war klein und besaß nicht einmal ein Vereinshaus. Der Vorteil war, dass man hier nach Lust und Laune auch einen wilden Garten haben konnte. Niemand meckerte herum und machte Vorschriften.

In ihrem Garten stand ein kleines Haus. Es gab zwar Strom, aber Wasser wurde in einer großen Regentonne gesammelt. Außerdem gab ein Plumpsklo. Das war so hoch, dass sogar bei Pit und Suse die Beine herunterbaumelten, wenn sie auf der Holzbrille saßen. Für Toni hatte Suse vor zwei Sommern extra einen kleinen Hocker gebaut, das fand Toni klasse, weil sie oft fand, dass Nele viel mehr Beachtung geschenkt wurde als ihr. So ein von Mama gebauter Hocker für sie ganz allein machte da schon was her.

Die Holzhütte war nicht groß, aber sie reichte für vier Personen völlig aus. Sie war außen grün und sehr alt. Nele hatte die Tür knallrot gestrichen und einen Kranz aus Efeu und Blüten an einen Nagel gehängt. Seither hieß die Hütte Villa Kunterbunt. Nele liebte Pippi Langstrumpf und wenn es nach ihr gegangen wäre, hätten sie im Garten rund um das kleine Haus auch ein Pferd gehabt. Leider ging es in diesem Fall nicht nach ihr, das hatten ihr Suse und Pit ziemlich schnell klar gemacht. Wichtiger wäre es – typisch Erwachsene, dachte sich Nele beleidigt –, ein paar Möbel, Geschirr und vielleicht eine Kochplatte anzuschaffen. Doch auch dazu war es nie gekommen.

Einen Tisch und vier alte Gartenstühle hatten Mareike und Astrid, die im benachbarten Garten ebenfalls ein Häuschen hatten, ausrangiert und ihnen irgendwann überlassen. Eine Kochplatte hatte Suse schließlich im zweiten Sommer doch noch organisiert, weil sie dringend Kaffee kochen wollte. Aber viel mehr war da nicht.

Mareike und Astrid wohnten geradezu luxuriös im Gegensatz zu der kleinen grünen Holzhütte und deshalb verbrachten sie auch fast den ganzen Sommer in ihrem Gartenhaus. Sie hatten Suse und Pit damals den Tipp gegeben, als das Gartengrundstück direkt nebenan frei wurde.

Ihre Laube war aus Stein und sah sehr süß und kuschelig aus, wie direkt aus einem Hochglanz-Gartenmagazin ausgeschnitten. Über den Gartenzaun konnte man sich praktisch die Hand reichen oder auch mal ein Stück Kuchen. Und da Pit und Mareike sich schon aus der Schule kannten – Mareike hatte Pit immer bei den Mathearbeiten abgucken lassen –, war das eine tolle Nachbarschaft.

Eines Tages hatte Mareike am Ende des Gartens ein kleines Tor aus Holzlatten in den Zaun gebaut, und jetzt konnte man einfach rüber marschieren und sich zu den anderen unter den Sonnenschirm setzen.

Im ersten Sommer waren sie oft da gewesen. Mit dem Rad fuhr man von zu Hause aus ungefähr zwanzig Minuten. Aber im letzten Jahr hatten Pit und Suse mit ihrer Arbeit so viel Stress gehabt, dass sie den Garten fast vergessen hatten. Nele und Toni hatten ein paar Wochen in einem Sommercamp der Pfadfinderinnen in Holland in der Nähe von Oostkapelle verbracht, nachdem der gemeinsame Urlaub hatte ausfallen müssen. Das war unheimlich aufregend für sie gewesen mit all den Abenteuerspielen und Schnitzeljagden und Nachtwanderungen am Strand entlang, wenn die Schaumkronen der Nordsee im Mondlicht leuchteten. Nach den Ferien waren die Mädchen noch zwei, dreimal da gewesen, hatten sich aber allein ziemlich gelangweilt.

Kurzum: Den kleinen Garten mit der windschiefen Villa Kunterbunt hatte seit dem letzten Herbst niemand in der Familie Müller-Tatah mehr so richtig auf dem Schirm gehabt.

Das sollte sich jetzt ändern. Und das war es auch, was Pit meinte, als er gestern so geheimnisvoll von seiner „großartigen Idee“ und einer „Überraschung“ sprach.

„Guck mal, Suse“, hatte er am Abend nach dem Mau-Mau-Spielen gesagt, als Nele schon im Reich der Träume war und er eine Flasche Wein öffnete, „wir machen es den

Kindern im Gartenhaus so nett, dass sie schon bald verschmerzen werden, dass unser Bootsurlaub nicht stattfinden konnte."

Er schenkte Suse ein und dann sich, gab seiner Frau einen Kuss und ließ sich in seinen Lieblingssessel sinken.

„Grundsätzlich", sagte er, „sind sie ja wie abgemacht bei meiner Mutter. Aber sie könnten ein wenig Selbständigkeit üben und auch mal in der Hütte übernachten. Vielleicht auch mal ihre Freundinnen einladen, die könnten draußen ein Zelt aufbauen. Platz ist ja genug."

Er sah so versonnen in die Ferne, als hätte er Lust, selbst gleich bei dem Garten-Projekt mitzumachen.

„Heute", sagte er, „ist Dienstag. Am Donnerstag fliegen wir. Mit Mareike und Astrid habe ich gesprochen. Sie sind ja praktisch den ganzen Sommer in der Laube und übernachten da auch. Mareike fährt von da morgens ins Krankenhaus. Und Astrid ins Polizeipräsidium. Zur Zeit haben die beiden Urlaub und sind fast immer da. Sie finden es witzig, mal eine Weile mit zwei Kindern zusammen zu sein."

Er schenkte sich Wein nach. „Suse? Was denkst du?"

Suse schüttelte den Kopf. „Ich weiß nicht so recht. Sind sie dazu nicht noch zu klein?"

„Ach was, die kriegen das hin und finden es bestimmt total cool", sagte Pit entschlossen. „Schließlich sind wir ja auch nach vier Wochen wieder da. Weißt du was? Wenn wir morgen Toni bei meiner Mutter abgeholt haben, dann werde ich mal in diesen Möbeldiscounter fahren. Ein paar nette Holzmöbel, ein schönes Regal, ein Sofa für zwei zum Ausklappen ..."

„Und Geschirr", hatte Suse eingeworfen. Vielleicht hatte Pit ja recht, dann sollte es aber auch wirklich richtig gut eingerichtet sein für ihre beiden kleinen Schätze. „Und Besteck. Und Klopapier. Und ein paar Konserven und Knäckebrot und ..., na ja, haltbare Sachen eben." Sie richtete sich auf und hielt Pit ihr Glas entgegen. Sie grinste. „Da hast du dir was vorgenommen."

Suse nahm einen Schluck und verdrehte genießerisch die Augen.

„Ich rede nochmal mit Mareike und Astrid", sagte sie dann. „Bestimmt geben sie unseren herzallerliebsten Töchtern ein kleines Eckchen in ihrem Kühlschrank ab."

Suse hatte sich inzwischen mit der Idee angefreundet. Sie hatte immer noch ein schlechtes Gewissen wegen des ausgefallenen Bootsurlaubs und Pits Plan war vielleicht wirklich eine Möglichkeit zur Wiedergutmachung.

„Du bist super, Pit", sagte sie und wuschelte ihm durch das lockige braune Haar. „Unsere Küken werden begeistert sein. Wann machen wir das Lagerfeuer?"

Lagerfeuer, so nannte man es im Hause Müller-Tatah, wenn alle vier zusammenkamen, um etwas Wichtiges zu besprechen. Und das hier war wichtig.

„Morgen Abend, denke ich", sagte Pit. „Was meinst du, um sechs? Dann können wir beide später noch unsere allerletzten Vorbereitungen treffen: Am nächsten Tag steht ja schon um halb fünf das Taxi nach Hannover vor der Tür."

„In Ordnung", sagte Suse. „Meine Güte, das muss für

deine Mutter ja eine Prüfung sein. So früh hier sein, um mit den Kindern alles zu organisieren, das ist ja nichts für sie."

Als Suse und Pit am nächsten Morgen bei Oma Birgit ankamen, saß diese mit ihrer Enkelin am Frühstückstisch. Toni mampfte ein Brot mit Nougatcreme, das Radio dudelte, Toni schlenkerte mit den Beinen und sah sehr zufrieden aus.

„War total schön bei Oma", sagte sie. „Sie hat mir gestern aus dem neuen Abenteuerbuch vorgelesen, bis ich eingeschlafen bin. Da kommt eine Prinzessin drin vor, die hat solche Kräfte, guck mal."

Sie spannte den rechten Bizeps an und klopfte mit der linken Hand darauf. Dann riss sie die Augen auf und beugte sich vor. „Wisst ihr was?", wisperte sie, „Wisst ihr, was die Prinzessin macht, wenn es Stress gibt?" Sie machte eine kunstvolle Pause. „Sie nimmt Riechsalz", sagte sie. „Riiiechsalz. Wisst ihr überhaupt, was das ist?"

„Na ja", sagte Suse vorsichtig, „nicht so ganz ..."

Auch Pit sah ratlos aus.

„Das ist so ein Zeug in einem Fläschchen", dozierte ihre Jüngste. „Und wenn die Prinzessin vor lauter Stress fast ohnmächtig wird, muss sie ganz schnell daran riechen. Und dann geht es wieder. Und dann schlägt sie die Feinde in die Flucht."

Alle lachten und Pit gab seiner Mutter einen Kuss.

„Wir sehen uns am Donnerstag früh um halb fünf", sagte er. „Willst du in der Nacht nicht doch lieber bei uns schlafen?"

„Nein, nein“, sagte seine Mutter, „das schaffe ich schon, einmal im Jahr so früh aus den Federn zu kommen, da mach dir mal keine Sorgen, mein Junge.“

Sie grinste verschwörerisch ihrer Enkelin zu.

„Und, Toni? Was wenn nicht?“

„Riiiechsalz“, rief Toni, „ist doch klar, Oma. Dann kriegst du Riechsalz, und dann wirst du schon richtig wach.“

Zwar blieb unklar, von wem Oma Birgit im Zweifelsfall Riechsalz bekommen würde, um wach zu werden, aber das kümmerte Toni nicht. Es war eine Art Zaubermittel und half, wenn man fest daran glaubte. Nur das Wort sagen, half schon, das wusste Toni ganz genau.

„So Kinders“, sagte Pit, „ich habe noch einiges zu erledigen heute, wir müssen dann mal los.“

„Und heute Abend ist Lagerfeuer“, sagte Suse und kraulte Toni zärtlich hinter den Ohren. „Papa hat sich eine megamäßige Überraschung für euch ausgedacht, du wirst staunen.“

„Wie jetzt?“ Toni staunte jetzt schon. „Lagerfeuer? Überraschung?“

Sie düste mit wedelnden Armen einmal um den Küchentisch und griff sich dann theatralisch an die Stirn. „Wo“, schrie sie, „wo ist mein Riechsalz?“

Oma Brigit hob sie hoch und knuddelte sie ganz fest. „Tschüss, mein Schatz. Das Riechsalz bewahre ich hier für dich auf. Wir sehen uns morgen.“

5. Lagerfeuer

Nele war nicht mit zu Oma Birgit gefahren. Die würde sie ja vier Wochen lang ununterbrochen sehen müssen, hatte sie zu den Eltern gesagt. „Das reicht schließlich."

So schnell wollte sie nicht einknicken, auch wenn der gestrige Abend zu dritt richtig schön gewesen war und die Aussichten auf Lagerfeuer heute Abend und dazu noch eine „meeega Überraschung", wie Pit angekündigt hatte, sie ihren Ärger fast vergessen ließen.

Aber eben nur fast. Die Eltern sollten merken, dass man nicht straflos so mit ihr umspringen konnte.

Lagerfeuer war immer eine feine Sache, schade nur, fand Nele, dass es kein richtiges Feuer gab, sondern die Eltern darunter einfach einen gemeinsamen Abend der ganzen Familie verstanden, mit Limonade und viel Knabberzeug. Feuer im Garten war in der Wohnsiedlung nicht erlaubt und nach einem ersten Versuch, sich darüber hinwegzusetzen, hatten sich die Nachbarn beschwert. Seither blieb das Feuer aus. Nele freute sich trotz allem auf den Abend mit Papa, Mama und Toni.

Aber erst wollte sie noch ein wenig Zeit für sich haben, ohne die nervende kleine Schwester, die ihr von jetzt ab dauernd hinterherlaufen würde. Das war immer so, wenn sie bei Oma Birgit wohnen mussten, weil die Eltern eine Ausgrabung machten. Sie hatte Toni am Hals und wenn sie sich darüber beschwerte, meinte Oma Birgit nur: „Nun stell dich nicht so an. Du bist die Größere von euch beiden. Toni vermisst ihre Eltern und braucht dich jetzt."

Und was war mit ihr selbst? Als ob nur Tonis Eltern nicht da wären. Sie vermisste Suse und Pit schließlich auch und sie sah nicht ein, dass sie zu allem Ärger auch noch diese kleine Heulsuse trösten und die ganze Zeit mit sich herumschleppen sollte. Aber da war nichts zu machen. Oma Birgit war manchmal ganz schön ungerecht, fand Nele.

Deshalb wollte sie diese zwei Stunden, die ihr nun für sie ganz allein blieben, genießen. Aber die Spannung wegen der von Pit angekündigten Überraschung machte sie nervös und sie konnte nichts mit sich anfangen. Zum Lesen war sie zu unruhig, den Computer durfte sie nicht allein anmachen – ging auch nicht, weil sie trotz allen Versuchen das Passwort nie herausgefunden hatte – und auf den Apfelbaum zu klettern, dazu hatte sie jetzt auch keine Lust. Also begann sie ihren Rucksack für die Zeit bei Oma Birgit zu packen.

Sie war noch mitten drin, als die Tür aufflog und Toni ins Zimmer stürmte.

„Kannst du nicht anklopfen, Nervensäge?“, maulte Nele. „Was willst du überhaupt? Kann man in diesem Haus nicht wenigstens einmal zwei Stunden seine Ruhe haben?“

„Große Überraschung beim Lagerfeuer heute Abend“, krähte Toni. „Ich bin schon so gespannt. Weißt du, was Papa vorhat?“

„Keine Ahnung, sonst wäre es ja auch keine Überraschung, du Baby.“ Nele pfefferte den Rucksack aufs Bett. Sie hatte sowieso keine Lust zu packen und da sie nicht wusste, was sie mit sich anfangen sollte, kam ihr Toni gerade recht. Das brauchte die kleine Schwester aber nicht zu wissen.

„Pass auf, Toni, wir brauchen einen Plan", sagte sie und drehte sich um. „He, lass gefälligst die Finger von meiner Dionaea muscipula."

„Von deiner was?" Toni starrte ihre große Schwester an. „Die ohne Muskeln? Wer soll das sein? Hä?"

Nele musste lachen. „Die Pflanze, an der du gerade rumfummelst, heißt so. Kleine Mädchen dürfen auch Venusfliegenfalle dazu sagen, ist vielleicht einfacher."

„Was ist das? Woher hast du das? Was für Fliegen?" Toni konnte einfach nie eine Frage nach der anderen stellen und die Antworten abwarten, aber das war ja nichts Neues.

„Das ist eine fleischfressende Pflanze und wenn du nicht aufpasst, ist gleich dein Finger weg."

Toni steckte erschrocken ihre Hände in die Hosentaschen. Nele lachte.

„Die gehört Pham. Ich soll während der Ferien auf sie aufpassen. Wenn Pham aus Vietnam zurückkommt, holt sie sie wieder ab."

„Musst du sie füttern? Was frisst sie denn?" Toni starrte die Pflanze ehrfurchtsvoll an, als erwarte sie gleich eine Antwort direkt aus dem Blumentopf.

„Nein, ich muss sie nicht füttern, nur gießen ab und zu. Da ist so Zeug im Gießwasser", Nele zeigte auf eine große Flasche, „das reicht. Außerdem fängt sie auch selbst Fliegen."

„Aber“, sagte Toni nachdenklich, „aber wie macht sie das denn? Sie kann doch nicht weg.“ Sie sah die Pflanze misstrauisch an. „Oder doch?“

Nele musste lachen. „Nein, sie kann nicht weg. Die Fliegen kommen zu ihr, weil sie so gut riecht, und dann schnappt sie zu.“

Toni beugte sich nach vorne und schnupperte. „Ich rieche nichts“, meinte sie dann.

„Pass auf deine Nase auf.“

Toni sprang erschrocken nach hinten, während Nele in lautes Gelächter ausbrach.

„Du bist so doof“, sagte sie. „Du bist doch keine Fliege. Du kannst das nicht riechen und dich frisst sie auch nicht. Keine Angst.“

„Menno.“ Toni war eingeschnappt.

„Wir fangen bald mal eine Fliege und dann zeige ich dir, wie das geht“, sagte Nele versöhnlich. „Aber jetzt müssen wir einen Plan machen, wie wir die Zeit bei Oma Birgit überstehen, ohne an Langeweile zu sterben.“

„Schokopudding und Riechsalz“, verkündete Toni schon wieder versöhnt. „Das hilft gegen alles. Außerdem dürfen wir Oma Birgits alten Computer benutzen.“

Bevor Nele fragen konnte, wie Toni das geschafft hatte, klopfte es.

„Immer rein, wenn’s kein Schwein ist“, rief Toni.

Nele kicherte. „Genau, ein Schwein im Zimmer reicht“, sagte sie, hüpfte vorsichtshalber aufs Bett und fuhr fort: „Falls es Fragen gibt: Ich bin damit nicht gemeint.“ Als Toni auf sie losgehen wollte, betrat Suse das Zimmer.

„Kein Streit, Mädels“, sagte sie. „Ich helfe euch jetzt beim Packen und dann machen wir schon bald Lagerfeuer, denn Papa und ich müssen morgen sehr früh aufstehen.“

„Und was ist mit uns?“, fragte Nele. „Ihr könnt ausschlafen, ihr habt doch Ferien. Oma Birgit kommt rechtzeitig und nimmt euch dann, wenn ihr gefrühstückt habt, mit zu sich.“

„Schläft Oma heute hier?“, wollte Nele noch wissen.

„Nein, sie braucht ihr eigenes Bett“, antwortete ihre Mutter.

„Wenn man das eigene Bett braucht, ist man alt, sagt Opa Mombo immer. Warum dürfen wir eigentlich nie zu Opa Mombo und Oma Waltraud nach Göttingen?“, fragte Nele. „Ich will nicht immer zu Oma Birgit, die ist so streng. Außerdem erzählt Opa Mombo immer so lustige Geschichten aus Kamerun, als er noch ein Junge war.“

„Weil meine Eltern noch älter sind, als Pits Mama, eure Oma Birgit. Aber das weißt du doch, Nele. Die schaffen das nicht mehr, euch Rabauken vier Wochen lang bei sich zu haben. Außerdem ist Göttingen viel zu weit weg. Wir müssten euch hinbringen und ihr könntet nicht einfach eure Sachen hier aus dem Haus holen, wenn ihr was braucht.“

„Und du könntest Phams VenusohneMuskeln oder so ähnlich nicht gießen, Nele“, unterbrach Toni ihre Mutter. „Aber ich will auch endlich mal wieder zu Opa und Oma nach Göttingen“, nölte sie dann. „Gleich wenn ihr wieder zurück seid aus eurem Grab will ich zu Opa Mombo und

Oma Waltraud."

„Was ist mit Phams Muskeln?", fragte Suse verwirrt. „Übrigens sind wir vorerst noch nicht im Grab, sondern in einer Ausgrabungsstätte, Toni. Aber du hast recht, wir sollten bald meine Eltern mal wieder besuchen fahren. Gleich wenn wir zurück sind, versprochen. Aber nun los, Sachen packen."

Sie waren eben fertig geworden, als Pits Stimme durch das Haus schallte. „Wo seid ihr denn alle? Ich bin wieder da und habe Kuchen mitgebracht."

Nele und Toni stürzten die Treppe hinunter und blieben erstaunt stehen. Ihr Vater war nicht allein. Er hatte nicht nur Kuchen, sondern auch einen Gast mitgebracht. Eine Frau stand neben ihm im Hausflur, die Nele bekannt vorkam.

„Erinnert ihr euch an Mareike?", fragte er seine Töchter.

„Mareike Schrebergarten?" Toni erinnerte sich als Erste.

„Nun ja, ich heiße nicht Schrebergarten mit Nachnamen, aber ansonsten hast du recht", lachte die Frau freundlich. Sie hatte kurzes strubbeliges blondes Haar und trug eine Jeans und ein gelbes T-Shirt. Jetzt fiel es auch Nele wieder ein. Ein ganzes Jahr lang waren sie nicht mehr in der Gartenkolonie gewesen, da konnte man die Gesichter von Erwachsenen schon mal vergessen, auch wenn sie nett waren. Sie erinnerte sich, dass mit Mareike noch eine weitere sehr nette Frau im Gartenhaus neben ihrem eigenen Garten gewohnt hatte.

„Mareike und Astrid?", fragte sie. „Mit diesem süßen

Gartenhaus mit den blauen Fensterläden?"

„Genau Nele. Astrid lässt euch schön grüßen."

„Suse, wir haben Besuch", rief Pit nach oben. „Wo bist du denn? Ich koche uns schon mal Kaffee."

„Mareike Schrebergarten, was willst du hier?", fragte Toni, die nie ein Blatt vor den Mund nahm. „Wir haben heute Lagerfeuer mit Überraschung, da können wir keine Gäste gebrauchen."

„Lagerfeuer macht ihr? Das ist schön, das mache ich mit Astrid auch öfter. Aber keine Angst, Toni, ich will nicht stören. Pit hat mich zu Kaffee und Kuchen eingeladen, weil ich was mit der Überraschung für euch zu tun habe und anschließend gehe ich auch gleich wieder."

„Toni, du bist unhöflich", rief Pit aus der Küche. „So spricht man doch nicht mit Gästen. Komm in die Küche und setz dich, Mareike. Lagerfeuer machen wir übrigens hier immer ganz ohne Feuer."

„Das müsst ihr mir später mal erklären, wie man ein Feuer ohne Feuer macht", sagte Mareike. „Aber das eilt nicht, wir werden uns ja in nächster Zeit häufiger sehen."

Nele und Toni gingen mit Mareike in die Küche.

„Kann ich dir etwas helfen, Pit?", fragte Mareike.

„Nein, setz' dich. Gleich ist der Kaffee fertig. Nele, stell schon mal die Teller auf den Tisch und Toni, bitte nimm die Kuchengabeln aus der Schublade und verteile sie."

Pit holte Milch aus dem Kühlschrank und stellte sie auf den Tisch, dann holte er fünf Becher aus dem Schrank und stellte sie dazu. „Toni, wie oft soll ich dir noch sagen, dass man die Kuchengabeln am Griff anfasst und nicht vorne!" Mit diesen Worten betrat Suse die Küche, begrüßte Mareike und setzte sich ebenfalls an den Tisch.

„Kaffee ist fertig", sagte Pit und schenkte in drei Becher Kaffee. „Nehmt euch von der Milch, Kinder", sagte er dann.

„Ich will keine Milch, ich will endlich Kuchen", meckerte Toni. „Und die Überraschung."

Mareike musste lachen und ersparte Toni dadurch eine Ermahnung. Die verstand aber auch den strengen Blick, den Suse ihr zuwarf, und sagte vorerst nichts mehr.

Nachdem die Erwachsenen sich eine Weile unterhalten hatten, wurde auch Nele unruhig.

„Was ist denn jetzt mit der Überraschung?", fragte sie in eine Gesprächspause hinein.

Toni warf ihrer großen Schwester einen dankbaren Blick zu.

„Du hast recht, wir haben euch jetzt lange genug warten lassen." Mareike hatte ein Einsehen und sah Pit auffordernd an. Suse nickte ihrem Mann zu und Pit, der manchmal einen Hang zur Dramatik hatte, setzte sich auf seinem Stuhl zurecht, räusperte sich und klopfte mit dem Griff seiner Kuchengabel gegen den Kaffeebecher. Nele rollte mit den Augen und sah Toni an. Toni zuckte nur mit den Schultern. „So ist er halt, kann man nichts machen", sollte das wohl heißen.

„Nun fang endlich an, Papa!" Nele war mit ihrer Geduld am Ende. „Wo ist die Überraschung?"

„Wo ist die falsche Frage", antwortete Pit. „Was muss es heißen."

„Ich brauche Riiiechsalz“, murmelte Toni und Nele verstand überhaupt nichts mehr. Am liebsten wäre sie jetzt auf ihren Apfelbaum geflüchtet, aber die Neugier siegte und sie blieb sitzen.

„Also“, begann Pit, „es ist so ...“, aber mittlerweile hatte auch Suse die Geduld verloren und unterbrach ihren Mann.

„Ich mach’s kurz“, sagte sie. „Ihr dürft in den Ferien das Haus im Schrebergarten benutzen. Ihr könnt dort spielen und wenn ihr wollt auch übernachten, falls ihr es mit Oma Birgit nicht mehr aushaltet. Du darfst auch deine Freundin Pham zum Übernachten einladen, Nele, wenn ihre Eltern es erlauben. Mareike und Astrid sind ja gleich nebenan und passen ein wenig auf euch auf. Pit hat heute Nachmittag ein paar Möbel für das Häuschen gekauft und bei Mareike und Astrid im Kühlschrank gibt’s was zu essen für euch. Oma Birgit rufe ich gleich noch an und erkläre ihr alles.“

Suse war fertig und wartete, aber wenn sie Freudengeheul erwartet hatte, dann wurde sie jetzt enttäuscht.

„Was ist?“, fragte sie und sah in die Runde.

„Soll das die Überraschung sein?“, fragte Toni.

„Pham ist in Vietnam bei ihren Großeltern“, sagte Nele. „Die ganzen Ferien über.“

„Ich geh spielen“, sagte Toni und stand auf.

Auch Nele erhob sich und ging mit Toni aus der Küche.

„Wieder keine Playstation“, hörten die Erwachsenen noch, dann wurde die Tür geschlossen.

„Ein voller Erfolg, wie es scheint. Dabei war meine Idee eigentlich unschlagbar." Pit sah die beiden Frauen fragend an. „Was machen wir denn jetzt?"

Suse zuckte mit den Schultern. „Keine Ahnung. Habe ich was falsch gemacht? Hätte ich den beiden das irgendwie anders beibringen müssen?"

„Das wird schon noch", sagte Mareike. „Den Mädchen wird es bestimmt bald langweilig und dann erinnern sie sich an das Gartenhaus und finden es sicher doch ganz toll. Macht euch keine Gedanken, Astrid und ich lassen uns was einfallen, wie wir ihnen den Garten schmackhaft machen können. Mit dem Fahrrad können sie ja jederzeit den kurzen Weg zum Garten und zurück zu ihrer Oma fahren. Uns fällt schon was ein, was sie uns dringend bringen müssen. Und wenn sie erst mal da sind ..." Mareike lachte, dann stand sie auf und verabschiedete sich.

„Zeit für euer Lagerfeuer. Viel Erfolg bei den Ausgrabungen", sagte sie. „Macht euch keine Sorgen, die beiden wollen euch nach den vier Wochen gar nicht mehr zurückhaben, ihr werdet sehen." Mit diesen Worten verließ sie das Haus und Suse und Pit machten sich an die Vorbereitungen für den letzten gemeinsamen Abend zu Hause.

Spaghetti mit Tomatensoße am Küchentisch und anschließend jede Menge Cola, Limo, Süßigkeiten und Knabberzeug, dazu Rätselspiele, Geschichten erzählen und Kuscheln auf einer Kissenlandschaft, die sie wie beim Lagerfeuer üblich, im Wohnzimmer eingerichtet hatten, versöhnten Toni und Nele schnell wieder. Sie genossen

den Abend und dachten nicht an den Abschied, den sie am anderen Morgen verschlafen würden.

Es roch nach Sommerferien, fand Nele und beschloss alles zu tun, damit es trotz allem ein schöner Sommer würde.

6. Das Gartenhaus ist mega

Als Nele ziemlich spät aufwachte, schien die Sonne in ihr Zimmer. Sie ging nach unten, wo Oma Birgit in der Küche mit Rührei und frischen Brötchen auf sie wartete. Toni, die schon am Tisch saß, hatte ihre ramponierte Kapitänsmütze auf dem Kopf, und sagte tadelnd: „Ahoi. Alle Mann an Bord. Da bist du ja endlich. Ich bin schon halb verhungert."

Oma Birgit war mit ihrem E-Bike gekommen, auf das sie sehr stolz war. Sie hatte in aller Frühe schon ein paar Einkäufe erledigt. Vorn am Fahrrad war ein Korb angebracht, an dem sie eine bunte Blumengirlande befestigt hatte. Oma Birgit liebte Holland, wo ganz viele Leute, Alt und Jung, ihre Fahrräder mit künstlichen Blumen schmückten. Jetzt spähte sie aus dem Küchenfenster in den großen wilden Garten hinaus, wo echte Rosen und Margeriten und Kornblumen blühten, und runzelte die Stirn. „Da sitzt eine Katze in meinem Fahrradkorb", sagte sie und drehte sich ungläubig zu den Kindern um. „Eine ziemlich dicke rabenschwarze Katze. Sie sitzt genau auf dem Sack Biokartoffeln."

„Das ist Fridolin", sagten Nele und Toni wie aus einem Mund, schoben ihre Teller zur Seite und stellten sich neben Oma Birgit ans Fenster. „Genau", schrie Toni entzückt, „mein Lieblingskater. Er gehört Joschie, weißt du."

Joschie hieß eigentlich Johannes Schiele und er schielte auch wirklich ein wenig.

„Joschie?", fragte Oma Birgit.

„Joschie ist unser Vermieter", sagte Nele. „Du weißt doch, der Rockmusiker, der ist Schlagzeuger in einer Band, auch wenn er schon alt ist. Mama hat ihn mal irgendwo auf einem Konzert kennengelernt." Sie lachte. „Ein Glück", sagte sie. „Sonst hätten wir nie im Leben diese tolle Wohnung in seinem Haus gekriegt."

„Er hat einen langen weißen Pferdeschwanz", sagte Toni stolz. „Der ist so lang wie der von Babette." Babette war ein Island-Pony, was bei einem Bauern in der Nähe stand, und das Toni mindestens so liebte wie die dicke Katze Fridolin.

„Aha", sagte Oma Birgit, „Babette", und klatschte in die Hände. „Jetzt aber wieder an den Tisch und weiter gefrühstückt. Und von euren Eltern soll ich euch auch noch ein bisschen was ausrichten."

Sie nahm die Pfanne vom Herd und nickte auffordernd den Kindern zu. „Noch etwas Rührei?"

Beide wollten und während sie aßen, richtete ihre Großmutter ihnen die Grüße von Suse und Pit aus, die sich jetzt schon freuten, in vier Wochen ihre beiden Töchter wiederzusehen.

„Sie haben euch ganz doll lieb", sagte Oma Birgit. „Sie haben auch was für euch dagelassen." Sie holte mit feierlicher Miene zwei Briefumschläge aus einer Küchenschublade und legte sie neben die Teller der Kinder.

„Hm, hm", sagte Toni und grinste. „Was da wohl drin sein kann?" Sie wog den Umschlag in der Hand, wackelte mit dem Kopf und machte kleine komische Grimassen.

„Na, komm schon." Nele stupste sie in die Seite und riss

ihren eigenen Umschlag auf. Ein Fünfzig-Euro-Schein! Sie kriegte ganz große Augen. Jetzt war auch ihre kleine Schwester nicht mehr zu halten.

„Booh“, sagte Toni ergriffen und hielt ihren Fünfziger vorsichtig gegen das Licht. „Oma – ist der echt?!“

Sie sah fragend Oma Birgit an, die ihr lächelnd zunickte.

„Mein Riiiechsalz“, schrie Toni und raufte sich die kleinen schwarzen Rastalocken.

„Wahnsinn. Wir sind reich!“

Eine halbe Stunde später hatten sie die Küche aufgeräumt, den protestierenden Fridolin aus dem Fahrradkorb gehoben und ein paar Minuten mit Joschie geplaudert. Joschie hatte immer irgendetwas zu tun und schraubte gerade am Rasenmäher herum. Er wusste natürlich, dass er in den nächsten vier Wochen meistens allein in seinem Haus sein würde, aber das machte Joschie nichts aus.

„Da kann ich mal wieder öfter Schlagzeug üben“, meinte er und grinste gutmütig.

„Sogar nachts, wenn du willst“, sagte Toni großzügig. „Aber manchmal kommen wir trotzdem mal gucken, Joschie. Nicht dass du denkst, es sind Einbrecher, wenn du unten mal was hörst. Das sind dann wir.“

Sie zog Joschie, der in einer fleckigen Jeans vor dem Rasenmäher kniete, zärtlich an seinem Pferdeschwanz und drückte sich an seinen schmalen Rücken in dem karierten Hemd. „Hab dich lieb, Joschie“, flüsterte sie und schlang das weiße Haar um ihre Finger. „Deine Haare sind mindestens genauso schön wie die von Babette.“

Dann sprang sie auf, schulterte den Rucksack, der

ziemlich schwer war, und bestieg ein bisschen wackelig ihr knallrotes Rad. Sie hatte den Lenker mit einer bunten Blumengirlande umwickelt. Nele fand das zwar doof, aber das konnte ja gar nicht sein, fand Toni, wenn jemand wie ihre Oma das auch machte.

„Heee", rief sie und trat angestrengt in die Pedale. Die beiden anderen waren schon fast an der großen Kreuzung, wo es rechts ab zum Haus ihrer Großmutter ging. „Wartet auf mich!"

Zu Mittag hatte es Pizza und als Nachtisch Schokopudding gegeben, und dann hatten Nele und Toni es sich in dem geräumigen Oma-Birgit-Zimmer wohnlich eingerichtet. Die Klamotten waren im Schrank verstaut, die Turnschuhe standen unter dem Bett. Und was sie im Bad brauchten, hatten sie dort in den Regalen untergebracht. Toni hatte ihre Kapitänsmütze im Flur an die Garderobe gehängt.

Nele hatte auf der rechten Seite des großen Schreibtischs, auf ihrer Seite, einen Block und ein paar Stifte hingelegt und akkurat ausgerichtet. Daneben lag das dicke alte Lexikon von Pit, in dem sie Blumen und Gräser gepresst hatte. Die wollte sie in diesen Ferien abzeichnen. Zeichnen war eine große Leidenschaft von Nele. Sie war sehr stolz auf ihre Eins im Fach Kunst und darauf, dass ihr Lehrer große Stücke auf sie hielt.

Die Schwestern stritten sich gerade um den großen altmodischen Computer, den ihre Großmutter ausgemustert hatte, der aber, auch wenn er langsam war, noch prima funktionierte, als Oma Birgit wie üblich ohne zu klopfen ins Zimmer stürmte.

„Wollt ihr nicht endlich mal nachsehen, was euer Vater im Schrebergarten für euch Schönes gemacht hat?“, fragte sie mit leichtem Vorwurf in der Stimme.

Sie begriff nicht, wieso ihre Enkelinnen überhaupt nicht neugierig waren und so offenbar gar keine Lust hatten, zu den Gärten zu fahren, die mit dem Rad in einer Viertelstunde erreichbar waren. Immerhin war es Sommer, es war nicht übertrieben heiß und nach dem anstrengenden letzten Schuljahr sollte man meinen, dass die Kinder sich auch einmal austoben wollten. Der Computer lief schließlich nicht weg, ihre Computerspiele konnten sie auch an Regentagen ‚zocken‘, wie die Mädchen das nannten. Aber anscheinend musste man sie eben zu ihrem Glück zwingen. Das hatten die Erwachsenen auch schon so besprochen, weil Neles und Tonis Eltern nach ihrer Reaktion auf die „Überraschung“ so etwas bereits vermutet hatten.

„Pit hat Mareike versprochen, dass ihr heute für sie die Einkäufe übernehmt, weil ihr ja sowieso in den Garten kommt“, sagte Oma Birgit.

„Menno“, nölte Nele.

„Wieso denn?“, schloss sich Toni an. „Wir haben keinen Bock auf den langweiligen Garten, wir wollen jetzt zocken.“

„Versprochen ist versprochen und es wird nicht gebrochen“, sagte Oma Birgit. „Keine Widerrede.“

„Wir haben aber gar nichts versprochen.“

Nele wollte sich nicht so schnell geschlagen geben. Wenigstens widersprechen musste sie, wenn auch sonst nichts zu machen war gegen Oma Birgits Anweisungen, das wusste sie genau.

Oma Birgit wedelte mit einem Zwanzig-Euroschein, den sie Nele, die sich endlich zum Nachgeben entschied, in die Hand drückte.

„Hier“, sagte sie streng, „das sollte reichen.“

Sie gab Toni den Einkaufszettel, auf dem sie mit Schönschrift, damit die Kinder alles lesen konnten, Mareikes Bestellung aufgeschrieben hatte.

„Holt die Sachen im Supermarkt, es könnte auch noch für eine Tüte Gummibärchen reichen“, sie zwinkerte schelmisch, „und dann auf direktem Weg zu Mareike und Astrid. Habt ihr verstanden?“

Die Mädchen nickten und zogen ihre Turnschuhe an.

„Schickt eine Nachricht, wenn ihr angekommen seid. Und macht mal ein Foto von der Hütte. Ich war ja komischerweise noch nie da.“

Sie stutzte kurz: Wieso war sie eigentlich nie dagewesen?

Na ja, Konzerte und Galerien waren ihr eben wichtiger als Gemüsebeete und Johannisbeersträucher, sagte sie sich. Trotzdem: Nett war es von ihr nicht gewesen, sich nicht wenigstens auch nur einmal blicken zu lassen. Vor allem, wo Pit und Suse zumindest anfangs doch so begeistert gewesen waren von ihrem Häuschen im Grünen und in Grün, wie sie es nannten. Andererseits hatte sich aber auch niemand darüber beschwert. Sie blickte auf die zwei kleinen Gesichter hinunter, die frech oder lieb aussehen konnten, je nachdem. Sie erkannte in ihnen ihren

Sohn Pit – ach, wie lange war das her, dass Pit ein kleiner süßer Junge gewesen war – und ihre Schwiegertochter Suse wieder, und ein bisschen auch sich selbst.

„Abmarsch“, rief sie lauter als nötig, um ihre Rührung zu verbergen. „Und dass ihr mir rechtzeitig wieder zu Hause seid. Ab morgen planen wir weiter. Die erste Nacht seid ihr noch unter meinem Dach. In den nächsten Tagen komme ich dann mal mit und gucke mir euren Paradiesgarten aus der Nähe an.“

Die beiden Mädchen liefen die breite Eichentreppe vom ersten Stock herunter, sie war mit einem roten Sisalteppich ausgelegt. Unter der Treppe hatten sie ihre Räder an dem verschnörkelten Geländer angeschlossen.

„Lass wir die Räder erstmal stehen“, meinte Nele. „Wir holen erst die Einkäufe und fahren dann los. Was meinst du?“ Toni schnaufte. Sie war es nicht gewöhnt, nach ihrer Meinung gefragt zu werden und nickte gnädig.

„Okay“, sagte sie. „Gute Idee. So machen wir das.“

Sie rückte zackig ihre Kapitänsmütze zurecht.

Die beiden brauchten keine zehn Minuten im Einkaufsmarkt, dann waren sie auch schon wieder draußen. Sie hatten wie gewünscht für Mareike einen Liter frische Bio-Milch gekauft, von einem Erzeuger gleich nebenan. Und Küchentücher, recyceltes Papier ohne Farbaufdruck.

„Finde ich gut, dass Mareike Biosachen einkauft“, sagte Nele zu ihrer kleinen Schwester und die nickte eifrig.

„Besser gesagt, einkaufen lässt“, fügte Toni dann noch hinzu, weil sie auch etwas dazu sagen wollte.

Beide Mädchen waren in der Umwelt-AG, die von einem

Jugendtreff der evangelischen Kirchengemeinde angeboten wurde. Sie waren beide sehr sensibel, was dieses Thema anging. Toni kam abends manchmal kaum in den Schlaf, wenn sie sich überlegte, was alles falsch lief auf der Welt. Gut, dass Nele immer für sie da war, wenn sie sie brauchte. Sie konnte zwar ganz schön viel meckern und hochnäsig sein, aber wenn es hart auf hart kam und Toni nachts vor Kummer in ihr Kopfkissen weinte, saß Nele auf der Bettkante und sprach ihr Trost zu. Und hatte solch eine Engelsgeduld, dass Toni sie dann so total liebhatte – mehr noch als Fridolin oder Babette oder Joschie oder Mama und Papa zusammen oder zumindest genauso viel.

Als die Mädchen mit ihren Einkäufen bepackt aus dem Supermarkt kamen, war gerade ein ziemliches Durcheinander im Gange. Ein dicker Mann, der ein schwarzes Hemd mit der Aufschrift eines Sicherheitsdienstes trug, diskutierte heftig mit zwei Mädchen und zwei Jungen, alle vier um die sechzehn Jahre alt, vielleicht. Grüne und orangefarbene Haare, zerrissene Netzhemden und Jeans. Sie hatten in der kurzen Zeit, in der Nele und Toni ihre Einkäufe erledigten, neben den Einkaufswagen ihr Lager aufgeschlagen.

Eine karierte Decke, ein paar Plastikdosen, Wasserflaschen und ein Hundenapf. Auf einer weiteren Decke lag eine Hündin – ein schwarzer Mischling –, die vier fiepende Welpen säugte. Auf ein Pappschild neben einem Plastikteller mit Münzen darauf hatten sie einen kurzen Text gemalt: Wir bitten um eine Spende für unsere Tiere.

Toni sah mit großen Augen auf die kleinen eifrigen Körper herunter. Das war so unbeschreiblich süß, so etwas hatte sie noch nie gesehen. Alle vier Welpen waren schwarz und weiß gefleckt, hatten ein weißes Brustlätzchen und zwei hatten auch noch weiße Vorderpfoten, Oh, eins hatte sogar drei weiße Pfoten. Tonis Herz klopfte einen harten schnellen Takt. Ob ... Ob man ...?

„Ob man vielleicht so ein Kleines bekommen könnte?", fragte Toni vorsichtig in Richtung Nele und drehte demütig die Kapitänsmütze zwischen den Fingern.

„Ich meine, wir sind ja jetzt reich und ..."

„Sch-sch", machte Nele ungeduldig. Sie wollte wissen, worum es bei dem Streit ging, der immer lauter wurde und mittlerweile schon eine Menschentraube angezogen hatte.

Vereinzelt wurden Rufe laut. „Tierquälerei", rief jemand. Oder: „Am besten sofort die Polizei rufen."

Der Mann von der Sicherheitsfirma hob die Arme und bat um Ruhe. „Ist erledigt", rief er. „Sie können jetzt Ihre Einkäufe machen."

Toni und Nele sahen, wie die kleine Gruppe ihre Sachen zusammenraffte und vorsichtig die Hundemutter und ihre Kinder in eine Holzkarre bugsierten, die einer der Jungen dann über den Parkplatz zog. Weiter hinten unter der Eisenbahnbrücke war ihr Domizil, da standen auch zwei kleine schiefe Zelte. Das wusste Nele, weil dort der Weg zu ihrer Gitarrenlehrerin herführte. Ihr war immer ein bisschen unheimlich unter der Brücke, auch, wenn gerade niemand da war und sie auch noch nie gehört hatte, dass jemand von ihnen etwas Unrechtes getan hätte. Menschen angegriffen oder so. Sie waren halt einfach anders.

Die beiden Schwestern sahen, wie die Jugendlichen in Richtung Tankstelle verschwanden.

„Wie schade“, flüsterte Toni und umklammerte das Paket mit den Küchentüchern wie eine Rettungsweste. „Wie schade. Weißt du, ich hätte sogar schon einen Namen gehabt, Nele, weiß du?!“

Sie schniefte und stolperte neben ihrer großen Schwester her. Sie konnte nicht ahnen, wie bald sie die Bekanntschaft mit einem der Welpen machen würde. Der hatte dann aber schon einen Namen: Willi. Aber der passte auch. Willi war der süßeste von ihnen, der mit den drei weißen Pfoten.

Und dann standen sie an der kleinen Hütte, die Nele mit Suse vor zwei Sommern grün gestrichen und der sie außerdem eine knallrote Tür verpasst hatte. Oma Birgt hatte ihnen erklärt, wo sie den Schlüssel finden würden: Pit hatte ihn unter einen flachen Stein neben dem Rosenbogen gelegt.

Jetzt waren sie doch aufgeregt, wie es innen wohl aussehen würde. Der kleine Garten jedenfalls war sehr kuschelig und mit allen möglichen Büschen und Blumen zugewachsen. Hier lugte eine Cosmea durchs Kraut, Löwenmäulchen und Glockenblumen wetteiferten um die schönsten Farben.

Vor der Hütte waren Ziegelsteine in einem Muster verlegt. In den Fugen nistete Moos. Ein paar Käfer hasteten vorbei – oder waren es Asseln? Die mochte Toni gar nicht! Aber sie entschied sich, das nicht genauer zu inspizieren und sah lieber ihrer großen Schwester zu, die sich mit der Tür abmühte. Schließlich gelang es ihr, sie zu öffnen.

„Boooh. Das ist aber süß“, sagte Toni. „Das hat Papa aber toll gemacht.“

In der Tat hatte sich ihr Vater schwer ins Zeug gelegt. Links unter dem einzigen Fenster stand ein gelbes Klappsofa und daneben eine Truhe für das Bettzeug. Davor eine alte Weinkiste als Tisch. Pit hatte für seine Töchter ein Glas mit den leckeren Brausebonbons gefüllt, die sie so gerne aßen und zwei Flaschen O-Saft auf den Tisch gestellt. Für die Wand gegenüber hatte er eine Kiefernkommode besorgt. Sie sah alt und sehr geräumig aus. In jedem Fall würden jede Menge Klamotten und anderes Zeug hineinpassen. Neben die Kommode hatte er zwei Kisten Sprudel in Glasflaschen gestellt. Flaschen aus Plastik duldeten seine umweltbewussten Töchter nicht mehr.

An der Längswand zwischen Sofa und Kommode, gegenüber der Eingangstür, stand ein breites halbhohes Regal. Darüber hing ein gerahmtes Foto, so groß wie ein Poster: Sonnenuntergang am Strand von Douala – der Hafenstadt in Kamerun, wo noch viel Verwandtschaft von Suse lebte. Ach ja, seufzte Suse manchmal, da müssten wir mal alle zusammen hinfahren. Aber ihr Vater Mombo in Göttingen und ihre Mutter Waltraud hatten nach all den Jahren irgendwie die Lust aufs Reisen verloren. Und ohne sie wollte Suse nicht fahren.

Das Regal war gut gefüllt. Mit Knäckebrot und Käse, der ohne Kühlung hielt, und Keksen und ein paar Dosensuppen. Und Spaghetti, wo der Krümelkäse gleich dabei war und die Tomatensoße auch. Ihr Vater hatte auch an eine Plastikschüssel und Spülmittel und etwas Geschirr gedacht. Und sogar an eine Spülbürste und einen Wischlappen.

„Pit ist der Beste", sagte Toni mit fester heller Stimme und nahm sich ein Brausebonbon.

„Guck mal, Toni." Nele beugte sich herunter. „Spiele."

Die Mädchen staunten. Das hatte er wahrscheinlich in dem Second-Hand-Laden gefunden: Scrabble und Mensch-Ärgere-Dich-Nicht, Halma und sogar ein Mikado und er hatte auch Tonis Lieblingsspiel Mau-Mau nicht vergessen. Pit hatte auch an zwei Lampen gedacht und an eine starke Taschenlampe, falls jemand mal nachts zum Plumpsklo musste.

Sie liefen hinaus zu dem stillen Örtchen. Alles war wunderbar gerichtet. Es war sauber gefegt worden, ausreichend Toilettenpapier war da. Und der Hocker, den damals Suse extra für Toni gebaut habe, damit sie überhaupt die Klobrille erreichte, stand in der Ecke und wartete auf seine Bestimmung.

„Ich muss mal." Ein eleganter Hüpfer, und siehe da: die zwölfjährige Nele erreichte die Brille ganz ohne Hocker, obwohl nicht mal Suse und Pit dort sitzen konnten, ohne mit den Beinen zu schlenkern.

„Mega", sagte Toni.

Mit ihren gerade mal acht Jahren war sie noch lange

nicht soweit. Nele ließ es leise plätschern und grinste ihre kleine Schwester an. „Was meinst du? Eigentlich ganz nett das alles. Wieso waren wir so lange nicht hier?"

„Keine Ahnung ...", sagte Toni.

„Doch, doch", Nele fiel ihr ins Wort. „Das Sommercamp, glaube ich. In Holland. Weißt du noch? Und dann Joschies Haus und dann ist da ja auch der Garten, na ja, und irgendwie ..."

Sie sprang von der Holzbrille. „Egal, jetzt sind wir hier. Und ich finde, ab morgen können wir das doch mal ausprobieren mit dem Schlafen hier. Komm, wir gehen mal zu Mareike und ihrer Freundin rüber und bringen ihnen die Milch und die Küchentücher."

7. Toni jagt das Ungeheuer

Das Häuschen von Mareike und Astrid war direkt auf dem Nachbargrundstück. Dazwischen befand sich ein Zaun, hinter einer Hecke versteckt.

„Wieso ist denn da so ein doofer Zaun?", fragte Toni ihre große Schwester. „Der ist viel zu hoch zum Darüberklettern. Jetzt müssen wir immer einen riiiesigen Umweg machen, wenn wir Mareike und Astrid besuchen wollen."

„Finde ich gar nicht so schlimm." Nele sah wie meistens erst einmal den Vorteil der Sache. „Dann haben wir die beiden nicht dauernd in unserem Garten stehen. Durch die Hecke können sie nicht so einfach sehen, was wir machen, also haben wir unsere Ruhe vor den Erwachsenen. Außerdem ist der Zaun nur für dich zu hoch, du kleine Kröte, ich komme rüber, wenn ich will, aber Erwachsene tun so was normalerweise nicht."

Toni war kurz beleidigt wegen der kleinen Kröte, dann dachte sie über das nach, was ihre Schwester gesagt hatte. Ein bisschen hatte sie recht, fand sie, aber ein bisschen auch nicht. Die Vorstellung, nachts allein mit Nele im Gartenhaus zu sein, war viel weniger unheimlich, wenn Mareike und Astrid jederzeit ohne Umweg zu Hilfe kommen konnten.

Toni würde das allerdings nie zugeben, also sagte sie nur: „Stimmt. Wir kennen sie ja noch gar nicht so genau und wenn sie doch richtig nett sind, können wir vielleicht eine Leiter an den Zaun stellen."

Diese Idee war ihr eben erst gekommen und sie fand sich superschlau. Irgendwo musste eine Leiter sein, auch wenn sie sie heute noch nicht gesehen hatte. Aber Toni konnte sich erinnern, dass Pit im letzten Jahr damit ganz oben auf den Apfelbaum geklettert war, um auch die letzten Äpfel noch zu pflücken, die sie vom Baum aus nicht erreichen konnten.

„Los, nimm die Tasche, wir gehen jetzt rüber“, unterbrach Nele ihre Gedanken. Sie schnappte sich die andere Tasche und schwer bepackt zogen die beiden Mädchen los.

Nele und Toni liefen auf dem breiten Kiesweg der Kolonie, von dem links und rechts kleine Gartentürchen abgingen, die alle ganz unterschiedlich aussahen. Auf die Tür zum Garten von Mareike und Astrid war ein Regenbogen gemalt.

„Hätten wir nicht besser die Tür zum Haus abgeschlossen?“, fragte Toni, aber Nele meinte, das wäre nicht nötig, sie kämen ja gleich wieder zurück.

Als sie den Garten betraten, kam ihnen Mareike schon entgegen.

„Da seid ihr ja. Herzlich willkommen in der Gartenkolonie“, sagte sie freundlich. „Ich habe euch nebenan schon gehört. Das ist sehr lieb von euch, dass ihr uns die Einkäufe mitgebracht habt. Astrid kommt heute sehr spät von der Arbeit und ich musste nun nicht extra los.“

Sie nahm den Kindern die Taschen ab und trug sie ins Haus. „Wollt ihr ein Eis?“, rief sie von drinnen.

Das Angebot nahmen die beiden natürlich gerne an.

Mareike kam schon nach wenigen Minuten zurück und brachte zwei Eiswaffeltüten mit.

„Unser Gefrierfach ist klein, deshalb habe ich leider nur eine Sorte. Ich hoffe das schmeckt euch."

„Klar, danke", sagte Nele und riss die Tüte auf.

„Schokoeis mit Waffel, mega." Toni zeigte wie immer mehr Begeisterung als ihre Schwester.

„Das Papier könnt ihr mir geben." Mareike streckte die Hand aus und bekam von beiden Kindern die Verpackung der Eistüten. „Wollt ihr mir noch eine Weile Gesellschaft leisten?", fragte sie dann. Als sie Neles unschlüssigen Blick sah, die gerade überlegte, wie sie höflich sein und doch gleich wieder gehen könnten, lachte Mareike.

„Ich verstehe schon", sagte sie. „Ihr müsst erst mal euer Haus in Besitz nehmen. Lauft schon!"

„Tschüss, Mareike Schrebergarten", rief Toni und war schon unterwegs zum Ausgang.

„Danke für das Eis", fügte Nele hinzu und lief hinterher.

„Wenn was ist, könnt ihr jederzeit Bescheid sagen."

Mareike griff nach dem Spaten, den sie beim Eintreffen der Kinder in den weichen Gartenboden gerammt hatte. „Habt ihr gehört? Eine von uns ist immer da, wenn ihr Unterstützung braucht."

Dann fiel ihr noch etwas ein.

„Ach so, Kinder", rief sie. „Es gibt ganz hinten im Garten zwischen uns auch eine kleine Pforte, die habe ich letztes Jahr gebaut. Die steht immer offen. Dann müsst ihr nicht den Umweg nehmen."

„Alles klar", rief Nele, die Toni inzwischen überholt und

schon fast den Garten erreicht hatte.

„Alles Roger, Captain“, schrie Toni und lüftete ihre Kapitänsmütze grüßend, obwohl auch sie schon außerhalb Mareikes Sichtweite war.

„Los, wir erforschen mal den Garten“, sagte Nele, als beide angekommen waren und nun unschlüssig im einzigen Raum des Gartenhauses standen.

„Das Haus hat Papa ja ganz gut hingekriegt. Aber der Garten sieht weiter hinten ziemlich wild aus, findest du nicht?“

„Stimmt.“ Toni stopfte sich zwei Handvoll Brausebonbons in die Hosentaschen. „Aber wild ist gut. Wir machen eine Expedition in den Dschungel und vielleicht treffen wir wilde Tiere?“

„Toni, du spinnst.“ Nele lachte und griff ebenfalls nach den Brausebonbons. „Vielleicht ein paar wilde Marienkäfer oder wenn du großes Glück hast, eine wilde Maus.“

„Ach, du hast doch keine Ahnung.“ Toni ärgerte sich über ihre fantasielose Schwester. Für sie war der Garten ab sofort der Dschungel und im Dschungel konnte man wilde Tiere treffen. Toni hatte zwar keine Ahnung, welche Tiere im Dschungel lebten, aber man würde schon sehen. Sie bewaffnete sich mit einem Stock, der neben dem alten Ofen lehnte und der bisher wohl dazu gedient hatte, im Feuer herumzustochern, denn er war an der Spitze ziemlich angekokelt.

„Bewaffnung fertig, wir können los“, verkündete sie und rannte aus dem Haus.

Nele, die im Gegensatz zu Toni nicht den Dschungel,

sondern lediglich einen Garten erkunden wollte, bewaffnete sich mit einer Flasche Sprudel.

„Warum können wir keinen Kühlschrank haben, so wie Mareike und Astrid?“, schimpfte sie vor sich hin. „Warmer Sprudel schmeckt grässlich. Wenn sie wenigstens ein paar Flaschen Limo dagelassen hätten.“ Sie fand ja auch wichtig, dass man sich für die Umwelt engagierte, auch wenn sie das lockerer sah als Toni. Glasflaschen waren ein Muss, das war schon klar, aber über den Inhalt konnte man doch echt reden. Aber wie immer fand sich Nele schnell mit dem Unabänderlichen ab und das war momentan eben warmer Sprudel. Besser als im „Dschungel“ verdursten. Sie grinste. Toni war schon lustig mit ihrer Fantasie. Bestimmt, überlegte sie, gab es in Oma Birgits Kühlschrank auch eiskalte Cola.

„Omas dürfen manchmal eine Ausnahme machen.“ Mit diesen Worten setzte sich ihre Großmutter, wenn sie gut gelaunt war, über Pits und Suses Ansichten in Bezug auf gesunde Getränke hinweg. Und heute Abend würde Nele notfalls auch eine Glasflaschen-Ausnahme machen. Schließlich waren die gesamten Sommerferien eine Ausnahmesituation, die es möglichst gut zu überstehen galt.

Plötzlich stieß Toni wilde Schreie aus und Nele rannte los, um nachzusehen, was geschehen war. Aber kaum war sie durch die ersten wild wuchernden Büsche geschlüpft, blieb sie stehen und begann lauthals zu lachen. Da stand ihre kleine Schwester mit der verrutschten Kapitänsmütze auf dem Kopf und kämpfte heldenhaft mit dem Feuerstocherstock gegen ein unsichtbares Ungeheuer. Toni stand vor einem Walnussbaum, fuchtelte mit dem Stock, der in Wahrheit ein Schwert war, in der Luft herum und schrie den Baum an: „Lauf weg, solange du noch kannst oder ich töte dich, du sibirisches Ungeheuer. Niemand frisst meine Schwester, während ich in der Nähe bin.“

Sie rückte immer näher auf den Baum zu, gleich hätte sie ihn erreicht und würde ihn mit ihren Stockhieben treffen. Nele beobachtete das Geschehen gespannt. Wer wohl stärker war? Der Walnussbaum oder der alte Stock? Aber Toni machte gerade noch rechtzeitig einen Ausfallschritt nach rechts und hüpfte, immer noch wild fuchtelnd, am Baum vorbei. „Gleich hab ich dich, du oller Tiger, gleich bist du fällig.“

Da stolperte sie über eine Baumwurzel und fiel der Länge nach auf den Bauch ins Moos. Das Schwert flog durch die Luft, traf nun wirklich den Walnussbaum und zerbrach in zwei Stücke.

Nele bekam einen Lachanfall und Toni rappelte sich auf. „Was gibt es denn zu lachen? Ich habe dich vor dem sibirischen Tiger gerettet. Er wollte dich fressen und ich konnte es gerade noch verhindern.“

Nele beruhigte sich nur langsam.

„Ein sibirischer Tiger“, kicherte sie, „im Dschungel? Du hast sie ja nicht alle. Ein schwarzer Panther vielleicht oder eine Schlange, aber doch kein sibirischer Tiger."

Toni war jetzt ernsthaft beleidigt und als sie feststellte, dass ihr Schwert zerbrochen war, stieß sie ein wildes Zornesgeheul aus.

Plötzlich sprangen zwei Kaninchen aus dem Gebüsch und ergriffen die Flucht. Toni erschrak und hörte auf zu brüllen und Nele sagte immer noch lachend: „Jetzt hast du mit deinem Geschrei noch zwei Tiger in die Flucht geschlagen, du Heldin. Das reicht für heute. Komm mit, lass uns sehen, ob es irgendwas Interessantes zu entdecken gibt."

Sie fanden Büsche mit Johannisbeeren und verwilderte Blumen, einen Ameisenhügel vor einer Brombeerhecke und eine ganze Menge Walderdbeeren, die sie gleich verspeisten. Und sie fanden das kleine Tor, von dem Mareike gesprochen hatte. Es ließ sich ganz leicht in den Angeln bewegen. Und das war dann doch ein beruhigendes Gefühl.

Schließlich hatten sie alles gesehen und näherten sich von hinten dem Gartenhaus. Auf der Rückseite hatte es anscheinend einmal einen zweiten Eingang gegeben, aber die Tür war von außen mit Brettern zugenagelt. Sie wollten gerade um das Haus herum zum Vordereingang gehen, als Nele beim Auftreten ein komisches Geräusch unter ihren Füßen hörte.

„Ich brauche dringend Gummibärchen", sagte Toni und fuhr mit schwacher Stimme fort: „Die Expedition hat mich erschöpft, ich verdurste und verhungere, so helft mir doch."

„Halt mal die Klappe!"

Nele trampelte vorsichtig auf der Stelle herum und spitzte die Ohren. „Irgendwas ist da", sagte sie dann.

„Hast du einen Schatz gefunden?“ Toni war sofort Feuer und Flamme und vergaß, dass sie eben noch beleidigt sein wollte, weil Nele nicht bemerkte, dass sie gerade in Lebensgefahr schwebte.

„Keine Ahnung. Vielleicht.“ Nele kniete bereits am Boden und fegte mit der Hand den Sand beiseite, der eine ungefähr ein Meter mal einen Meter große Stelle bedeckte, genau dort, wo ein Kiesweg begann, der zum Hintereingang führte.

„Da ist ein großes Brett“, sagte sie und klopfte darauf. „Darunter ist es hohl."

Toni stand da, die Hände in den Hosentaschen, und beobachtete Nele.

„Eine Schatzkiste“, sagte sie dann. „Bestimmt ist es eine Schatzkiste. Los, mach schon auf.“

Nele versuchte das Brett zu entfernen, sie zog und schob und drückte, aber nichts rührte sich. „Wir brauchen Werkzeug“, sagte sie dann. „Haben wir einen Spaten oder so was?“

Toni rannte los. Sie hatte im Werkzeugschuppen, der seitlich am Haus angebaut war, ganz zu Anfang Gartenwerkzeuge gesehen, sich aber nicht weiter dafür interessiert und die Tür gleich wieder zugeschlagen. Jetzt fiel es ihr wieder ein. Kurz darauf kam sie mit dem Spaten zurück.

Nele fuhr vorsichtig mit dem Metall unter die Bretter und drückte den Stiel nach unten. Es quietschte, aber sonst geschah nichts. „Hilf mir mal, Toni. Ich zähle auf drei und dann drücken wir gemeinsam.“

Toni stellte sich hinter Nele auf, hielt den Spatenstiel fest und wartete auf das Kommando.

„Eins, zwei", zählte Nele „und dreiii!"

Sie drückten gemeinsam, das Brett gab nach, Toni fiel auf den Rücken und Nele auf sie drauf. Vor Lachen konnten sie eine ganze Weile nicht aufstehen, aber schließlich siegte die Neugier.

Das Brett ließ sich nun ganz einfach abheben, es war wohl nur zu lange Zeit nicht mehr bewegt worden. Gemeinsam zogen sie es auf die Seite und standen nun vor einem schwarzen Loch. Reste einer alten Holztreppe konnten sie sehen, mehr aber nicht. Es war stockdunkel da unten.

„Was machen wir jetzt?" Nele kniete vor der Öffnung im Boden und versuchte, etwas zu erkennen.

„Ich weiß was." Toni lief ins Haus und kam nach einer halben Minute mit der großen Taschenlampe wieder, die Pit ihnen dagelassen hatte.

„Coole Idee", lobte Nele die kleine Schwester, „gib mal her."

Im Licht der Taschenlampe sahen sie, dass es ziemlich weit hinunterging und die Holztreppe völlig unbrauchbar war. Ein paar Stufen waren noch da, aber man konnte von oben erkennen, dass sie sich in morsche Teile auflösen würde, wenn jemand sie betrat.

„Wir brauchen eine Leiter", stellte Nele fest.

In diesem Moment klingelte das Smartphone. Oma Birgit. Wie immer mussten die Erwachsenen gerade dann stören, wenn es richtig spannend wurde. Aber Nele traute sich nicht, den Anruf wegzudrücken oder es einfach klingeln zu lassen.

„Habt ihr Spaß?“, fragte eine gut gelaunte Oma-Stimme aus dem Telefon. Ohne eine Antwort abzuwarten, sprach sie weiter. „Ihr müsst jetzt nach Hause kommen.“

„Jetzt schon?“ Nele sah Toni an und verzog ärgerlich das Gesicht. Toni schüttelte wild den Kopf.

„Ja, jetzt schon. Also gefällt es euch doch“, freute sich Oma Birgit. „Mir ist was dazwischen gekommen“, sagte sie dann. „Ich mache morgen einen Ausflug mit meiner Freundin Ricarda und komme ein anderes Mal zu euch in den Schrebergarten. Ihr könnt morgen den ganzen Tag im Garten sein und auch im Gartenhaus schlafen, denn bei Ricarda und mir kann es spät werden. Mit Mareike habe ich schon gesprochen. Aber jetzt müsst ihr nach Hause kommen, damit wir wenigstens heute Abend noch ein bisschen Zeit zusammen haben und auch alles genau besprechen können.“

„Aber“, sagte Nele.

„Wir können noch nicht weg hier“, rief Toni, obwohl sie kaum etwas gehört hatte.

„Keine Widerrede. Ihr kommt jetzt sofort nach Hause.“

Oma Birgit legte auf, ohne eine Antwort abzuwarten.

„So ein verkackter Affenmist“, sagte Toni, als Nele ihr Bericht erstattete.

„Wie soll ich denn schlafen heute Nacht, wenn ich nicht weiß, welche Schätze da unten liegen?“

Nele zuckte mit den Schultern. „Wenn wir nicht bald bei Oma Birgit sind, dann schickt sie uns bestimmt Mareike auf den Hals. Und ich finde, niemand muss etwas von unserem Geheimnis wissen. Oder?"

„Nein, niemand", bestätigte Toni. „Aber was, wenn heute Nacht jemand den Schatz klaut?"

„Wir machen wieder zu und legen noch Zweige drauf, dann kommt niemand auf die Idee, dass hier etwas sein könnte."

Sie mussten sich beeilen, denn wenn Oma Birgit sofort sagte, dann meinte sie auch sofort. Das war bekannt.

Sie legten das Brett wieder auf die Öffnung, traten es fest, holten Äste und Zweige und Blätter aus dem Gebüsch und verteilten alles unauffällig darüber. Toni brachte den Spaten zurück in den Schuppen, dann nahmen sie ihre Fahrräder und radelten im Eiltempo zu Oma Birgits Haus.

Als sie die Treppe hinaufgingen, fiel Nele etwas ein.

„Wir haben vergessen das Haus abzuschließen", sagte sie.

„Ups", antwortete Toni.

„Ach egal, wer soll denn da reingehen? Außer warmem Sprudel und trockenen Spaghetti gibt es nichts zu holen und außerdem sind ja auch noch Mareike und Astrid da, die bestimmt bemerken, wenn ein Einbrecher kommt. Und morgen sind wir ja auch schon gleich wieder da. Eine Nacht kann die Tür auch mal offenbleiben."

Oma Birgit erwartete die beiden schon im Flur der Wohnung.

Nele drehte sich zu Toni um, sah sie mit zusammengekniffenen Augen streng an und legte den Zeigefinger

über die Lippen.
„Roger“, sagte Toni und hängte die Kapitänsmütze an den Garderobenhaken.

8. Ein Welpe namens Willi

Jo kickte einen Stein zur Seite und ballte in den Taschen seiner Jeans die Fäuste. Sein Vater Hubert war einfach ein ... Ja, er war ganz einfach ein richtig mieser Typ. Jo befühlte seine rechte Wange. Hubert hätte noch einmal zugeschlagen, wenn er nicht schnell genug aus der Tür gewesen wäre. Das nächste Mal würde er zurückschlagen.

Jo sah auf sein Smartphone: fast sieben Uhr. Ob sie schon zurück unter der Brücke waren? Er würde auf die andere Seite der Bahnlinie laufen und nachsehen. Er fand die kleinen Hunde so toll, die sie im Schlepptau hatten. Besonders den einen, der dieses weiße Brustlätzchen hatte und drei weiße Pfoten. Den wollte er haben, und der war für ihn reserviert. Der war auch der wildeste von allen. Die Welpen waren jetzt über acht Wochen alt und konnten von der Mutter entwöhnt werden. Jo hatte das extra gegoogelt, um nichts falsch zu machen.

Vorgestern hatte er ganz vorsichtig bei seiner Tante Martha angefragt: könnte sie sich vorstellen, dass er so einen Hund hätte? Natürlich würde er immer mit ihm rausgehen, sein Vater hätte eigentlich gar nichts mit dem Hund zu tun. Seine Tante hatte am nächsten Tag das Okay gegeben. Sie hatte mit ihrem Schwager gesprochen, und der hatte irgendwas gebrummelt, wo sie ein Ja herausgehört hatte.

Jo befühlte vorsichtig die Geldscheine in seiner Jeans. Er hatte ein Gummiband darum gelegt. Fünfzig Euro wollten sie haben. Dafür könnte er den Kleinen gleich mitnehmen. Sie waren zwar manchmal ein bisschen von oben herab, okay, gut, er war ja auch erst zwölf, aber immerhin schon fast eins Siebzig groß. Sie waren trotzdem schwer in Ordnung, auch wenn sie diese Ringe in der Nase hatten. Sah schon ein bisschen komisch aus. Aber egal. Man konnte super mit ihnen quatschen, und doof waren sie wirklich nicht. Jedenfalls würde er von ihnen heute Willi bekommen. Jo lächelte im Gehen vor sich hin. Willi – so hatte er den kleinen Racker klammheimlich schon getauft. Das passte zu dem Kerlchen, das wahrscheinlich nicht viel größer als ein Dackel werden würde. Ein abgeknicktes Schlappohr, eine kleine rote Zunge, die heraushing ... Willi sah immer so aus, als würde er lachen. Er war ganz einfach der witzigste Hund der Welt.

Hoffentlich würde sein Vater auch wirklich mitspielen, dachte Jo, während er die belebte vierspurige Straße überquerte. Es war schlimm, wenn man schlecht über seinen eigenen Vater dachte. Aber seit Hubert vor kurzem seinen Job bei der Spedition verloren hatte, war er noch unberechenbarer geworden als zuvor. Daran änderte auch Tante Martha nichts, die seit ein paar Wochen immer mal wieder zu ihm kam, um ihm beizustehen und lange mit ihm zu reden.

Jo wusste, dass Hubert noch immer seine Frau vermisste, die vor zwei Jahren gestorben war. Auch Jo vermisste seine Mutter sehr und dachte oft an sie. Die Gedanken an die letzten Wochen, bevor sie starb, versuchte er, zur Seite zu schieben, wenn sie ihm zu nahe rückten.

Es war einfach zu schrecklich gewesen, wie sie immer weniger wog und immer schlechter Luft bekam.

Er wischte sich mit der rechten Hand über die Stirn. Dass sein Vater ihn schlagen würde, hätte er nie im Leben geglaubt – schon gar nicht wegen so einem Kleinkram. Himmel nochmal, er hatte doch nur nach ein bisschen mehr Taschengeld gefragt. Nicht mal zum Zeugnis hatte es neulich etwas gegeben, dabei konnte sein Vater stolz auf seinen Sohn sein: Bis auf eine Vier – in Mathe – hatte es nur Einser und Zweier gegeben.

Damit gehörte Jo zu den Besten seines Jahrgangs, aber das war dem Alten anscheinend auch egal. Mehr als ein Knurren, was vielleicht so viel wie „gut" heißen sollte, war von Hubert nicht gekommen. Echt krass, sowas. Seine Tante hatte ihm später einen Zwanziger zugesteckt und „pssst!" dazu gesagt. Seine Tante Martha, die war in Ordnung. Sie sah ein bisschen wie früher die Hippies aus, lange Kleider und Ketten und Tücher im Haar, und sie arbeitete als Erzieherin in einer Wohngemeinschaft für psychisch kranke Jungen.

Nach der Beerdigung seiner Mutter vor zwei Jahren hatte Jo den Vater das erste Mal vollkommen betrunken erlebt. Ein Onkel hatte ihn in sein Auto bugsiert und nach Hause gefahren. Am nächsten Tag hatte Hubert kein Wort gesagt und Jo auch nicht in die Augen gesehen. Er war blass wie ein Gespenst gewesen oder einer von den Untoten aus diesen Gruselfilmen. Jo hatte auf einmal richtig Angst vor ihm gehabt und seine Tante Martha angerufen, die Schwester seine Mutter. Sie kam sofort und blieb ein paar Tage bei ihnen, bis es Hubert besser ging.

Jo scheuchte auch diese Gedanken fort und sprintete los. Die Ampel war gerade auf Grün gesprungen. Dann war er kurz vor der Brücke und sah Phil schon winken. Phil war der Chef der Gruppe, er war der Älteste und hatte das Sagen.

„Na, Alter“, begrüßte ihn Phil und boxte Jo in die Seite. „Was geht? Wie jetzt, Ärger gehabt?“ Er musterte Jos geschwollenes Gesicht. „Warte“, sagte er und hielt ihm eine angerauchte Selbstgedrehte unter die Nase, die wie eine kleine Tüte aussah. „Tut gut“, sagte er auffordernd. Jo schüttelte den Kopf. Nein, danke. Mit Haschisch wollte er nichts zu tun haben.

Phil war allein unter der Brücke.

„Die anderen sind noch unten an der Wiese am Kanal“, sagte er. „Die machen heute Badetag.“ Er lachte. „Und, freust du dich schon? Hast du die Kohle dabei?“

Er bückte sich zu einem Haufen Decken und fischte einen kleinen Hund heraus, der ein bisschen verschlafen aussah und leise hechelte.

„Hier, da hast du ihn!“

Jo drückte den kleinen warmen Körper an sich, schaukelte ihn in den Armen und lächelte auf ihn hinunter. Meine Güte, was war das für ein schönes Gefühl. Er fühlte sich auf einmal ganz glücklich.

„Tja ...“ Phil grinste spöttisch. „Das sind Vaterfreuden, was? Aber jetzt mal im Ernst. Du hast dir den besten rausgesucht. Der ist echt kernig. Hast du schon einen Namen?“

Jo wusste nicht warum, aber er mochte Phil den Namen nicht sagen. Vielleicht hatte er Angst vor seinem Spott.

„Noch nicht“, sagte er.

Er nestelte in seiner Hosentasche.

„Fünfzig Euro“, sagte er, „wie abgemacht.“

Phil ließ die Scheine in einer Geldbörse verschwinden und nahm einen tiefen Zug aus der Selbstgedrehten. „Viel Spaß mit dem Kleinen“, sagte er. „Und mach dich schlau, wie du ihn stubenrein kriegst. Bis dahin kann der Teppich in der guten Stube schon mal was abkriegen.“

Sein Smartphone klingelte. Er grinste und tippte sich an die Stirn. „Ahoi, Alter. Lass dich mal wieder hier blicken.“

Dann drehte er Jo den Rücken zu.

„Hey, Alter“, hörte Jo noch. „Was geht?“

Hinter der Brücke befand sich ein kleiner Park. Jo konnte es kaum erwarten, bis er endlich auf einer Bank saß und den kleinen Hund genauer betrachten und ausgiebig streicheln konnte. „He“, sagt er leise, „ab jetzt gehören wir zusammen. Ich bin Jo. Und du bist Willi. Das passt doch, was meinst du – Jo und Willi. Willi und Jo.“ Er lachte leise, streichelte Willi das weiße Brustlätzchen und drückte ihn an sich. Willi fiepte ein bisschen und drückte seine stämmigen Pfoten gegen Jo.

„Jetzt geht es ab nach Hause“, sagte Jo. „Da stehen schon zwei Hundenäpfe für dich. Da kannst du was essen und Wasser gibt's auch. Und Tante Martha hat eine schöne bunte Leine gekauft. Als Geschenk für dich."

Er knöpfte sein Hemd auf und schob Willi seitlich gegen die Rippen, so dass nur noch sein Kopf mit dem abgeknickten Ohr und der kleinen roten Zunge zu sehen war. Dann winkelte er den Unterarm an, damit Willi es auch richtig bequem hatte.

„Ist es gut so, mein Kleiner?“, fragte Jo laut. „Na, dann wollen wir mal.“

Als Antwort spürte er etwas Warmes und Feuchtes auf der Haut. Willi piescherte gerade ausgiebig in sein Hemd. Das alles war einfach zu viel Neues für so einen kleinen Hund. Auch dieser große Junge war ganz neu für ihn. Und dass er sehr nett war, viel netter als Phil, konnte nichts daran ändern, dass Willi Lampenfieber hatte. Sogar richtig ein bisschen Angst vor dem unbekannten Leben, das nun vor ihm lag.

Es würde großartig werden – und seine Schattenseiten haben; ganz so wie jedes Menschen- oder Hundeleben. Aber im Großen und Ganzen würde es eben großartig sein. Das konnte Willi zu dem Zeitpunkt natürlich nicht wissen. Und deshalb musste er erstmal ausgiebig pieschern. Jo war einer, der das verstand und nicht einmal schimpfte. Jo hatte sich selbst vor Angst schon manchmal in die Hose gemacht, und deshalb konnte er Willi verstehen.

Als Jo zu Hause ankam, schlich er mit angehaltenem Atem durch den Flur. Er wusste selbst nicht, warum. Sein Vater saß auf dem Balkon und telefonierte. Vor ihm stand eine Dose Bier. Tante Martha war auch da, er hatte ihr Fahrrad schon gesehen. Sie bereitete in der Küche einen Salat zu und wusch gerade die Tomaten.

„Schau mal, Tante Martha", sagte Jo. „Ich hab ihn eben geholt. Ist er nicht megasüß?"

Seine Tante trocknete sich die Hände ab und kam gespannt näher. Willi hechelte ihr mit seiner roten Zunge aus Jos feuchtem Hemd entgegen und sah erschrocken aus. Eine Frau mit so vielen langen roten Locken in so einem Schlabberkleid hatte er noch nie gesehen. Die einzige Frau, die er etwas näher kannte, hatte eine Glatze und ein Tattoo auf dem Busen.

Willi zitterte ein bisschen.

„Meine Güte, ja", rief Martha entzückt. „Das ist er wirklich. Sowas von süß. Du, ich glaube, er hat Durst. Setz ihn doch mal ab."

Sie füllte Wasser in eine Plastikschale. Jo und sie

betrachteten entzückt, wie Willis kleine Zunge die Schale ausschlürfte.

„Warte mal einen Moment", sagte Jo, „ich bin sofort wieder da."

In seinem Zimmer holte er ein frisches Hemd aus dem Schrank, ging ins Bad und war ein paar Minuten später wieder in der Küche.

„Der netteste Hund der Welt", sagt Martha und drückte ihn. „Das hast du gut gemacht. Und jetzt warte du mal einen Moment."

Gleich darauf stand sie schon mit all den roten Locken wieder im Türrahmen und ließ am gestreckten Zeigefinger eine Hundeleine baumeln. „Gefällt sie dir?"

Vielleicht meinte Willi, er sei gemeint. Jedenfalls sagte er „wuff" und versuchte, mit seinen scharfen Welpenzähnchen nach der Leine zu schnappen. Jo lachte.

„Du musst oft mit ihm raus, das weißt du?", fragte Martha. „Am Anfang können sie nicht einhalten, aber das geht ziemlich schnell vorbei und dann sind sie bald stubenrein."

Sie ging in die Hocke und kraulte Willi hinter den Ohren. „Eideidei", machte sie.

„Eideidei, eideidei – was geht ziemlich schnell vorbei?"

Jos Vater stand in der Tür. Er starrte auf Martha und den kleinen Hund, als hätte er noch nie eine Frau mit Hund gesehen. Er klang nicht sehr freundlich.

„Was soll das, wie kommt der Hund hier ins Haus?"

„Aber Papa, hast du es vergessen?" Jos Stimme klang schrill vor Empörung. „Du hast doch ja dazu gesagt. Tante

Martha hat dir doch alles erklärt. Das ist Willi. Ich hab ihn heute bekommen. Ich hab ihn von meinem Taschengeld bezahlt. Ich hab auch schon zwei Hundenäpfe gekauft und Welpenfutter. Ich kümmere mich um alles, Papa. Das habe ich auch Tante Martha gesagt. Um alles. Er soll nur hier sein dürfen."

Jo merkte, dass seine Stimme immer schriller und weinerlicher wurde. Er hasste sich dafür und er hasste seinen Vater dafür. Ach, wenn jetzt doch nur seine Mutter dagewesen wäre … Er presste die Lippen zusammen. O Mist. Jetzt bloß nicht heulen.

„Hier sein dürfen. Aha." Huberts Stimme klang dunkel. Er sprach sehr langsam, wie immer, wenn er angetrunken war. „So so. Du kümmerst dich also."

Er stand wankend im Türrahmen und musterte Jos Gesicht. Die rechte Wange war immer noch rot und angeschwollen.

„Du wirst diesen Hund dahin bringen, wo du ihn hergeholt hast", sagte Hubert. „Und wenn du das Geld zurück kriegst, brauchst du auch kein Taschengeld. Das reicht dann wieder für eine Weile." Er verzog den Mund zu einem schiefen Grinsen.

Jetzt mischte sich Martha ein. Sorgfältig strich sie ihr Kleid glatt, dann legte sie ihrem Schwager die Hand auf den Arm.

„Hubert", sagte sie, „was Jo da sagt, stimmt. Erinnerst du dich nicht? Ich habe vorgestern mit dir über das Thema Hund gesprochen. Er möchte doch so gerne diesen Hund haben, und was ist denn dabei? Du warst doch einverstanden."

„Er wird den Hund dahin zurück bringen, wo er ihn hergeholt hat", wiederholte Hubert. „Und du ..." Er griff Martha an die Schulter und schob sie Richtung Küche. „Du wirst jetzt endlich den Salat fertig machen, statt dich um meinen Sohn und dieses ... dieses Hundevieh zu kümmern."

Er verdrehte die Augen: „Eideidei ...", flötete er.

„Also sag mal!" Martha riss sich los und sah ihm mit wütendem Blick direkt in die Augen. „So geht das nicht, Hubert. Sag mal, wieviel hast du denn schon getrunken heute Abend? Du kannst doch nicht einfach dein Wort zurücknehmen und deinen Sohn unglücklich machen. Und mich hier herumkommandieren kannst du erst recht nicht, das habe ich dir schon mehrmals gesagt. Du kannst doch nicht ..."

„Doch! Ich kann sogar noch viel mehr", brüllte Hubert mit hochrotem Kopf. Er trommelte wie von Sinnen mit den Fäusten auf den Türrahmen ein, während Martha und Jo vor ihm zurückwichen. Willi hockte wie festgenagelt neben der Plastikschüssel, bis ihn ein Tritt von Jos Vater traf und gegen den Kühlschrank schleuderte.

„Nein, nein, nein", rief Jo und stürzte sich auf seinen Vater. Nur mit Mühe gelang es Martha, die beiden zu trennen. Hubert liefen Speichelfäden aus dem Mund, als er mit schwerem Schritt zurück zum Balkon ging. Er sagte kein Wort. Jo setzte Willi ganz vorsichtig auf den Tisch neben die Salatschüssel und untersuchte gemeinsam mit seiner Tante, ob er ernsthaft verletzt worden war.

„Es ist wohl noch alles in Ordnung", sagte Martha. „Bis auf den Schreck. Armer Kleiner."

„Weißt du was", sagte Jo mit wilder Stimme. „Der Alte kann mich mal. Das kannst du ihm sagen, wenn du willst. Mit so einem Arschloch will ich nicht mehr unter einem Dach leben. Echt", er weinte jetzt, „er ist so ein verdammtes Arschloch."

Er sah hoch.

„Warum hilfst du ihm eigentlich?", fragte er. „Du bist doch viel zu gut für den. Nimm dein Rad und fahr nach Hause. Soll er doch alleine vermodern hier."

Jo wusste genau, wie sehr auch seine Tante unter dem Tod seiner Mutter gelitten hatte. Sie war ihre einzige Schwester gewesen und sie hatte sehr an ihr gehangen. Doch anstatt sich um sich selbst zu kümmern, war sie seither immer wieder für Hubert da.

Martha nahm ihn in die Arme.

„Das war schlimm gerade", sagte sie. „Aber dein Vater hat ja auch andere Seiten, das weißt du doch. Er braucht einfach Hilfe jetzt. Aber du hast recht. Gleich fahre ich nach Hause."

Sie hob sich auf die Zehenspitzen und gab Jo einen Kuss. „Meine Güte, schon wieder gewachsen", sagte sie. Sie zauselte ihm durchs Haar und versuchte ein Lachen. „Warte einen Moment."

Sie brachte ihm die Hundeleine. „Gewöhne Willi frühzeitig daran", sagte sie. „Und mach mit ihm am besten jetzt mal einen kleinen Gang. Das tut auch der Seele gut. Ich will auf den Balkon und sehen, dass ich Hubert noch einen Moment gut zurede."

Jo nickte.

„Danke für die Leine", sagte er. „Die ist richtig schön."

Sein Plan stand fest. Nach diesem Auftritt seines Vaters würde er jetzt keinen kleinen Gang machen. O nein. Er würde seinen Rucksack packen, das Notwendigste für sich selbst und Willi mitnehmen und sich ganz einfach vom Acker machen. Sollten sie doch nach ihm suchen, auch egal. Er würde schon ein warmes Plätzchen für sich und Willi finden. Wo er erst mal seine Ruhe hatte und ungestört überlegen konnte, wie es weiterging.

In seinem Zimmer ging Jo langsam und planmäßig vor. Holte dann das Wichtigste aus dem Bad. Dann zog er ganz leise die Wohnungstür hinter sich zu.

Eine halbe Stunde später betraten Jo und Willi die Gartenkolonie am Rand der Südstadt nicht weit von den prächtigen Jugendstilhäusern entfernt. Eine Weile war er mal mit einem gewissen Tobias befreundet gewesen, der hier wohnte. Seine Eltern hatten dieses tolle Café gehabt, wo er die erste Live-Musik seines Lebens gehört hatte, Blues. Die Sängerin hatte ihn umgehauen. Aber dann waren Tobias und seine Eltern weggezogen und der Kontakt war abgebrochen. Jo lächelte leise. Als Kind war er hier öfter mit seinen Eltern, die diese Gärten liebten, spazieren gegangen. Hand in Hand waren Hubert und Regina damals immer gegangen, daran erinnerte Jo sich jetzt wieder und unterdrückte seine Tränen.

Er nahm Willi auf den Arm und ging eine Weile durch die kleinen Wege zwischen den Gärten. Dann sah er zu seiner Rechten ein winziges offenbar leerstehendes grünes Holzhaus, mit einer knallroten Tür und einem Plumpsklo dahinter. Von irgendwo nebenan hörte er Frauenstimmen, ab und zu Gelächter. In einem knorrigen Baum schaukelte ein Lampion. Ohne viel Hoffnung drückte Jo die wackelige Klinke der Gartenpforte herunter. Er betrat den Garten und sah sich vorsichtig um. Kein Mensch weit und breit.

Dann versuchte er die Klinke der roten Tür.

Die Tür war nicht verschlossen und er trat ein.

Er kniff sich in den Unterarm. Das konnte nicht wahr sein. Er konnte sein Glück kaum fassen. Ein Paradies. Es gab ein paar Flaschen Wasser für Willi und ihn. Konserven und Kekse. Und ein gemütliches Sofa, auf dem er bequem würde schlafen können.

Er drückte seine Lippen in Willis weiches Welpenfell.

„Hier bleiben wir heute Nacht“, flüsterte Jo. „Wir sind ein gutes Team. Willi und Jo. Echte Glückspilze sind wir.“

Er lief zu dem Verschlag mit dem Herzen in der Tür – Willi folgte ihm auf Schritt und Tritt – und setzte sich aufatmend auf die Brille. Willi sah fiepend zu ihm hoch. „Glückspilze“, wiederholte Jo. „Guck mal, Willi.“

Er wedelte mit der rechten Hand. „Es gibt hier sogar Klopapier.“

9. Einbrecher im Gartenhaus

Nele erwachte, weil sie etwas in der Nase kitzelte.

„Hatschi“, nieste sie und setzte sich auf.

Toni wollte gerade ein zweites Mal eine schwarz-weiß gestreifte Vogelfeder, die wohl von einer Elster stammte, in die Nase ihrer großen Schwester schieben.

„Lass das, was soll der Mist?“

Nele schubste Toni von ihrem Bett herunter und rieb sich die Nase. „Hatschi“, machte sie noch einmal.

„Los, steh endlich auf!“ Toni zog die Bettdecke weg, damit Nele nicht auf die Idee käme, weiterzuschlafen. „Wir müssen los. Der Schatz wartet auf uns.“

„Der rennt schon nicht weg“, antwortete Nele. „Ich bin müde, ich will noch nicht aufstehen. Außerdem haben wir Ferien, da muss man ausschlafen.“

Toni lief aus dem Zimmer und kam kurz darauf mit einem tropfenden Waschlappen zurück, den sie bedrohlich nahe vor Neles Gesicht hielt.

„Willst du wohl aufstehen?“, sagte sie mit drohendem Ton in der Stimme. „Ich kriege dich schon wach, keine Sorge.“

Der Waschlappen näherte sich Neles Gesicht, diese duckte sich weg, warf die Bettdecke über Toni und sprang aus dem Bett.

„Du bist eine Nervensäge“, sagte sie und lachte sich fast kaputt, als Toni sich in der Decke verhedderte und zu Boden fiel. „Huhu“, rief Nele, „ein Gespenst in meinem Zimmer, ein Gespenst, ein riesiges Bettgespenst. Ich habe

Angst."

Endlich gelang es Toni, sich zu befreien. Sie ließ die Decke auf dem Boden liegen und warf den noch immer tropfenden Waschlappen nach Nele.

„Los, komm schon. Oma Birgit ist schon lange zum Bus und hat uns Frühstück auf den Tisch gestellt und Lunchpakete zum Mitnehmen. Wir sollen Mareike Bescheid sagen, wenn wir im Garten sind. Wir können dann heute Abend entweder in unserem Gartenhaus oder bei Mareike übernachten, hat sie gesagt, ganz wie wir wollen."

„Hört sich an, als ob es bei Oma heute wirklich spät wird", überlegte Nele. „Was sie wohl am Abend mit ihrer Freundin Ricarda noch vorhat?"

„Ist doch egal. Komm endlich in die Küche frühstücken." Toni hatte es eilig. Sie wollte endlich den Schatz heben.

„Hauptsache wir haben unsere Ruhe und können machen, was wir wollen. Ist doch super, wenn wir heute Abend nicht nach Hause müssen. Wer weiß, was wir im Garten-Keller finden."

Nun wurde auch Nele aufgeregt. Sie lief ins Bad und begnügte sich ohne Oma Birgits Aufsicht mit einer Katzenwäsche. Zurück im Zimmer schlüpfte sie in ihre Jeans und ihr Lieblings T-Shirt, griff sich den schwarzen Kapuzenpulli und stürmte zu Toni in die Küche.

„Was müssen wir denn noch einpacken?", fragte sie.

„Nichts." Toni hatte den Mund voll und wollte gerade wieder von ihrem Käsebrötchen abbeißen.

„Schluck doch erst mal runter", lachte Nele. „Was ist mit Zahnbürste und dem ganzen Kram, den wir sonst immer mitnehmen, wenn wir irgendwo übernachten?"

„Ach was, einmal geht auch ohne. Schlafsäcke sind dort und mehr brauchen wir nicht." Toni schluckte und sprach gleichzeitig, musste husten und brauchte dann eine Weile, bis sie wieder sprechen konnte.

Während Nele noch an ihrem Brötchen kaute und ein zweites mit Käse und Gurke belegte, verstaute Toni bereits die Lunchpakete in den beiden Rucksäcken.

„Los, komm jetzt endlich", drängelte sie.

Nele räumte den Tisch ab, stellte die Teller in die Spülmaschine und Käse und Butter in den Kühlschrank, schnappte sich ihren Rucksack und ging hinter Toni her, die bereits im Hausflur stand und ungeduldig wartete.

Kaum fünfzehn Minuten später stellten die beiden Mädchen ihre Räder in der Gartenkolonie ab. Sie befestigten sie sorgsam mit dem Kabelschloss an einer Eisenstrebe des Zauns, der den Garten umschloss und rannten zum Haus, um die Rucksäcke dort abzustellen, bevor sie endlich nach dem Schatz im Keller sehen wollten. Kurz bevor sie das Haus erreichten blieb Nele so plötzlich stehen, dass Toni in sie hineinrannte.

„Spinnst du?", schimpfte die. „Warum bremst du denn so plötzlich ab? Nun geh schon weiter, ich will endlich nach dem Schatz suchen."

Nele drehte sich zu ihrer kleinen Schwester um und verschloss mit dem Zeigefinder ihre Lippen.

„Da stimmt was nicht", flüsterte sie. „Die Tür zum Haus ist nur angelehnt."

„Hast du vergessen ..." Toni sprach ganz normal, sie

verstand nicht, warum ihre Schwester plötzlich so leise sprach.

„Sei still!“ Nele packte Tonis Hand und zog sie mit sich ins Gebüsch.

Jetzt flüsterte auch Toni, obwohl sie noch immer nicht verstanden hatte, was mit Nele los war. „Hast du vergessen, dass wir gestern nicht abgeschlossen haben?“

„Weiß ich“, antwortete Nele leise. „Wir haben aber nur vergessen, das Schloss anzubringen. Ich bin völlig sicher, dass ich die Tür hinter mir zugezogen habe und jetzt steht sie einen Spalt breit auf. Da muss jemand reingegangen sein.“

„Ein Einbrecher?“ Toni bekam ganz große Augen. Nun erschrak sie doch. „Du meinst, da ist ein Einbrecher drin?“

„Vielleicht. Vielleicht ist er auch schon wieder weg, aber wir sollten besser vorsichtig sein und erst mal das Haus beobachten.“

Toni sah sich suchend um, dann griff sie nach einem dicken Ast, der auf dem Boden lag.

„Los, such dir auch was“, sagte sie zu Nele. „Dann gehen wir rein und sehen nach.“

Bevor Nele sich bewaffnen konnte, hörten sie ein leises Kläffen, dann wurde der Türspalt größer und ein kleines schwarz-weißes Etwas flitzte aus dem Haus in den Garten. Bevor sie verstanden, was geschah, sprang das kleine Ding mit aller Kraft gegen Toni, die in der Hocke im Gebüsch saß und sofort den Halt verlor. Sie fiel auf den Rücken und spürte etwas Warmes und Feuchtes im Gesicht.

„Iiihhh“, sagte Toni und dann „ooohhhh.“ Sie setzte sich auf. „Wie süß. Nele, guck mal, er ist mir nachgelaufen gestern. Er wusste, dass ich ihn so gerne haben will. Nun gehört er mir. Wie soll ich ihn denn nennen?“

Vor Freude hatte Toni ganz vergessen, dass sie sich bereits einen Namen für den kleinen Hund überlegt hatte. Sie setzte sich auf, hielt das kleine Bündel auf dem Schoß und streichelte es.

„Willi“, hörten sie plötzlich eine helle Stimme rufen. „Willi, wo steckst du denn?“

Nele und Toni sahen vorsichtig durch die Zweige und sahen einen großen schlaksigen Jungen im Türrahmen stehen, der sich suchend umblickte.

„Der Einbrecher“, flüsterte Toni erschrocken.

„Ein Junge“, sagte Nele gleichzeitig erleichtert. „Mit dem werden wir locker fertig. Lass den Hund los und nimm deinen Stock. Den holen wir uns.“

Auch Nele hatte mittlerweile einen Ast gefunden, den sie nun in der Hand hielt, und kroch vorsichtig durch die Büsche. Toni ließ widerwillig den kleinen Hund los. „Warte auf mich, ich komme gleich zurück“, sagte sie zu ihm, griff nach ihrem Stock und folgte Nele.

Der Junge sah sie nicht kommen. „Willi“, rief er wieder. „Willi, wo bist du denn?“

„Wir müssen ihn uns schnappen, solange er allein ist, bevor dieser Willi zurückkommt“, flüsterte Nele. „Ich zähle auf drei und dann rennen wir los. Eins, zwei drei!“

Der Junge versuchte rückwärts ins Haus zu fliehen, als die Mädchen mit Gebrüll aus dem Gebüsch brachen. Er wollte die Tür zwischen die Angreiferinnen und sich selbst bringen, stolperte aber und fiel rücklings ins Haus.

Nele und Toni bauten sich vor ihm auf und schwenkten drohend ihre Stöcke. „Was machst du hier? Wer bist du? Wo ist dieser Willi? Mach dir nur keine falschen Hoffnungen, der kann dir auch nicht helfen."

Die beiden schrien durcheinander, dann setzte Nele dem Jungen, der noch immer auf dem Rücken lag und nicht wusste, wie ihm geschah, den Stock auf die Brust. „Ergib dich, du bist unser Gefangener", sagte sie.

„Genau", sagte Toni und schwenkte mit der freien Hand die Kapitänsmütze.

In diesem Moment kam ein kleines Fellknäuel durch die Tür geflitzt, stürzte sich auf den Jungen am Boden und leckte ihm das Gesicht.

„Willi, da bist du ja wieder", sagte der erleichtert, setzte sich auf und fragte: „Wer seid ihr denn und was wollt ihr von mir?"

„Das ist Willi?", fragte Nele und bekam, als der Junge nickte, einen Lachkrampf. „Willi, wer nennt seinen Hund denn Willi?", kicherte sie, nachdem sie sich wieder beruhigt hatte.

„Ich", sagte der Junge und starrte das Mädchen, das da neben ihm stand und immer noch diesen Stock auf seine Brust drückte, böse an.

„Willi ist ein schöner Name", mischte sich nun Toni ein. „Und er passt genau zu dem kleinen Kerl. Ich hätte ihn auch Willi genannt."

Nele sah ihre kleine Schwester vernichtend an. „Ist das

dein Hund?“, fragte sie dann.

„Ja, den habe ich gestern für fünfzig Euro bei den Leuten unter der Brücke gekauft“, antwortete der Junge. „Kannst du vielleicht mal den blöden Stock wegnehmen?“

Nele schüttelte den Kopf. „Du bist ein Einbrecher und jetzt bist du unser Gefangener und ich bleibe lieber bewaffnet.“

„Ich bin kein Einbrecher“, sagte der Gefangene. „Ich heiße Jo. Mein Vater hat mir verboten, Willi zu behalten und er hat ihn getreten. Da bin ich mit Willi weggelaufen und wir haben hier übernachtet. Die Tür war übrigens offen.“

„Lass ihn los.“ Toni lehnte ihren Stock an die Wand und nahm Willi, der nun wieder um ihre Füße herumtänzelte, auf den Arm. „Wer einen so süßen kleinen Hund hat, kann kein böser Einbrecher sein. Ist doch klar.“

Nele war noch nicht ganz überzeugt, nahm aber doch den Ast, der ihr notfalls als Knüppel dienen sollte, von ihrem Gefangenen weg. Sie hielt ihn mit beiden Händen fest, jederzeit bereit, ihn wieder zu benutzen.

„Du kannst aufstehen“, sagte sie. „Toni, ich passe auf ihn auf und du holst jetzt mal die Rucksäcke aus dem Garten ins Haus.“

Weil sie Willi nicht auf den Boden setzen wollte, musste Toni zweimal gehen. Normalerweise hätte sie sich über Neles befehlenden Ton aufgeregt, aber im Moment war sie so mit dem kleinen Hund beschäftigt, dass sie widerspruchslos tat, was ihre große Schwester anordnete.

Als sie beide Rucksäcke abgestellt hatte, sprang Willi

von ihrem Arm. Er wollte sich nicht länger festhalten lassen, sondern den Garten erkunden.

„Willi, bleib da“, rief Jo und wollte hinter ihm her. „Willi, du darfst nicht weglaufen.“

„Keine Angst“, sagte Nele, „der Garten ist rundherum eingezäunt, damit die wilden Kaninchen nicht alles plattmachen hier. Da kommt auch dein Will nicht durch.“

„Sie hat recht“, stimmte Toni zu. „Nele wollen wir nicht endlich nach dem Sch …“

„Halt die Klappe!“, fuhr Nele ihre Schwester an und warf ihr vielsagende Blicke zu. Weil sie nicht sicher war, ob Toni verstanden hatte, sagte sie dann: „Auch wenn er vielleicht wirklich kein Einbrecher ist, muss er von unserem Geheimnis nichts wissen.“

„Ein Geheimnis?“ Jo sah interessiert von einer zu anderen. „Ich liebe Geheimnisse.“

„Wir auch“, sagte Toni etwas von oben herab, die mittlerweile verstanden hatte. „Eben deshalb ist es ja ein Geheimnis und geht dich nichts an. Wer bist du denn überhaupt und was willst du hier?“

„Können wir uns vielleicht mal irgendwo hinsetzen?“, fragte Jo. „Das ist eine längere Geschichte.“

„Okay, kommt zum Tisch“, sagte Nele. „Jo, du setzt dich auf die Bank.“

Jo widersprach nicht und setzte sich.

Toni sah Nele fragend an, die murmelte nur „Vorsicht ist die Mutter der Porzellankiste“, den Spruch kannte sie von Oma Birgit, und „Einbrecher bleibt Einbrecher“ und setzte sich auf einen Stuhl Jo gegenüber. Ihren Stock legte sie griffbereit vor sich auf den Tisch.

Toni zog den zweiten Stuhl neben den von Nele und setzte sich ebenfalls. Sie sah sich kurz nach dem Ast um, der ihr als Waffe gedient hatte und der noch immer in der Nähe der Eingangstür an der Wand lehnte. Sie überlegte, ob sie ihn holen sollte, ließ es dann aber bleiben.

„Also“, fordert Nele den Jungen, der ihr gegenüber schweigend auf der Bank saß auf, „schieß los!“

Nun erzählte Jo den beiden Mädchen seine Geschichte. Er fing ganz vorne an. Beim Tod der Mutter vor zwei Jahren und dass sein Vater Hubert das immer noch nicht verkraftet hatte. Er selbst wäre ja auch immer noch traurig, meinte Jo, aber seine Mama hätte gesagt, er sollte auch ohne sie versuchen, fröhlich zu sein und ein großer starker Junge zu werden.

„Ich glaube, sie passt ganz gut auf mich auf“, sagte Jo plötzlich leise und wischte sich die Augen. Dann erzählte er weiter.

Hubert war dann auch noch krank geworden, nichts wirklich Schlimmes, aber er hatte dadurch seine Arbeit verloren. Nun war er zwar längst wieder gesund, aber die Arbeit war weg und weil sein Vater nach dem Tod der Mutter angefangen hatte, viel zu viel Alkohol zu trinken, bekam er auch keine neue Arbeitsstelle. Deshalb war es immer eng mit dem Geld. Jo konnte nicht mit den anderen Kindern in den Sportverein, er konnte nicht ins Landschulheim fahren und all das.

Aber am Schlimmsten war es, so erzählte Jo den Mädchen, dass Hubert, wenn er betrunken war – und das war er meistens – wegen jeder Kleinigkeit sauer wurde und in letzter Zeit ziemlich schnell zuschlug.

„Heute habe ich mir dann von dem Geld, das ich zusammengespart und mit dem Austragen von Reklamezetteln verdient habe, Willi gekauft. Willi war der süßeste von allen Hundebabys", erzählte Jo den Mädchen, und Toni nickte eifrig dazu. Das hatte sie selbst gesehen. „Weil Willi der kleinste war, ist er beim Trinken bei seiner Hundemama immer zu kurz gekommen."

Jo sah plötzlich ganz traurig aus. Das hatte ihm den Rest gegeben. Ein Junge ohne Mutter und ein Hund, für den seine Mutter nicht richtig sorgte, die gehörten einfach zusammen. Er hatte mit dem Jungen, dem die Hunde gehörten, abgemacht, dass er ihn kaufen würde und heute hatte er Willi abgeholt.

Stockend erzählte Jo dann, was geschehen war, als sein Vater das Hundebaby in der Wohnung entdeckt hatte. „Zum Glück ist dem Kleinen nichts Schlimmes passiert", sagte Jo. „Aber ich gehe nie wieder zu meinem Vater zurück."

Niemand sagte etwas.

„Nie mehr", wiederholte Jo. „Soll er doch sehen, wie er klarkommt. Meine Tante Martha ist oft bei ihm, hilft ihm ein bisschen, leistet ihm Gesellschaft. Aber die hat ja schließlich auch noch ihr eigenes Leben."

„Boah", Toni hatte ihre Sprache wiedergefunden. „Was für eine Gemeinheit. Wir dürfen auch keinen Hund haben, aber so was würde Papa nie tun."

Sie sah Nele an. „Oder?"

„Quatsch“, antwortete diese aus tiefster Überzeugung. „Natürlich nicht.“ Sie wandte sich an Jo. „Dein Vater ist ein ganz gemeiner Tierquäler. Gut, dass du Willi vor ihm in Sicherheit gebracht hast. Aber was wird nun aus euch? Was hast du vor?“

Jo zuckte mit den Schultern. „Keine Ahnung.“

„Können wir nicht einfach hier bleiben?“, fragte er dann nach einer Pause, in der niemand etwas sagte.

„Nele? Toni?“, hörten sie da plötzlich jemanden von draußen rufen.

Jo zuckte zusammen, Willi, der seit einiger Zeit neben Jo auf der Bank geschlafen hatte, wachte auf, sprang auf den Boden und rannte aus der Tür.

„Wen haben wir denn da? Du bist aber ein Hübscher“, sprach die Stimme draußen weiter.

Nele stand auf. „Das muss Mareike sein“, sagte sie. „Ich geh mal raus, sie muss Jo ja nicht gleich sehen.“

Aber es war zu spät, Mareike trat mit kleinen vorsichtigen Schritten durch die Tür und passte auf, dass sie Willi nicht trat, der um ihre Füße wuselte.

„Hallo ihr beiden“, sagte sie und stutzte. „Da ist ja noch jemand, ihr habt Besuch, wie mir scheint.“

Toni und Nele nickten.

„Ist das dein Hund?“, fragte Mareike an Jo gewandt.

„Mhm“, antwortete Jo.

„Sehr gesprächig ist euer Besuch ja nicht, oder?“ Mareike lachte. „Ich wollte fragen, ob ihr Lust habt, mit mir zu Mittag zu essen. In einer halben Stunde gibt es Gemüseeintopf. Mit Würstchen oder ohne, je nachdem, was ihr so mögt."

„Wir essen keine Tiere", sagte Toni und Nele nickte.

„Gerne mit Würstchen", sagte Jo gleichzeitig, ohne zu überlegen, ob er überhaupt mitgemeint war.

Mareike lachte wieder. „Schön, dann gibt es Gemüseeintopf für alle und Würstchen für den Besuch und mich. Beim Essen könnt ihr mir dann auch mal erzählen, wer der Junge ist, den ihr hinter den Tisch geklemmt habt."

„Vielleicht", sagte Nele vorsichtig und sah ihre kleine Schwester unsicher an, „vielleicht würde ich auch ein Würstchen nehmen."

„Nur eins, ausnahmsweise", fügte sie schnell hinzu, als Toni einen bitterbösen Blick auf sie abschoss.

„In einer halben Stunde bei mir auf der Veranda." Mit diesen Worten verließ Mareike das Gartenhaus und die Kinder waren wieder unter sich.

„Willi braucht was zu fressen", sagte Jo als Mareike außer Hörweite war. „Ich kann ihm heute von meinen Würstchen was abgeben. Aber auf Dauer braucht er richtiges Welpenfutter und ich habe kein Geld mehr. Was mache ich denn jetzt?"

„Wir sind reich", platzte Toni heraus. „Du kannst von meinem Feriengeld was bekommen, um für Willi Futter zu kaufen."

„Echt jetzt?" Jo sah das kleine Mädchen dankbar an.

„Klaro", sagte Toni. „Fast hätte ich Willi gestern selbst gekauft. Ich hab mich nur nicht getraut."

„Von mir auch", erklärte Nele. „Hunde müssen fressen und schließlich ist Willi jetzt unser Gast."

Nele überlegte kurz und sagte dann: „Du bist auch unser Gast, Jo. Du kannst erst mal mit Willi hier wohnen."

„Hoffentlich hat Oma Birgit nichts dagegen", fiel es Toni ein. „Die ist manchmal ein bisschen komisch", fügte sie dann an Jo gewandt noch hinzu.

„Wir müssen uns eben was ausdenken, wie wir sie rumkriegen", meinte Nele. „Vielleicht können uns ja Mareike und Astrid helfen."

„Hast du gerade Mareike gesagt?" Toni sprang auf. „Ich habe einen riiiesigen Hunger. Bestimmt ist die halbe Stunde schon um."

Bevor die anderen etwas sagen konnten, war Toni aus der Tür und es blieb ihnen nichts übrig, als hinterher zu laufen. Fröhlich kläffend rannte Willi zwischen den Kindern hin und her, überholte schließlich Toni und erreichte als erster Mareikes Veranda, wo der Tisch schon für alle gedeckt war.

10. Neue Freunde

Der Eintopf war sehr lecker. Mareike hatte den Tisch unter dem alten Kirschbaum gedeckt, den Topf in die Mitte gestellt und einen Korb mit Brot und eine Flasche Wasser dazu. Die Wurst gab es in einer kleinen Schüssel, in der eine Gabel lag.

Sie gab allen eine große Kelle vom Eintopf auf den Teller, und dann war erst einmal eine Weile Ruhe, bis auf das Klappern der Löffel. Das Gute war, dass Mareike in ihrem Schuppen noch einige Dosen Hundefutter gefunden hatte. Auch Willi konnte so versorgt werden und lag schon leise schnarchend und mit prallem Bäuchlein unter dem Tisch zwischen den Beinen von Nele und Jo.

„Warum hast du denn deinen Hund nicht mehr, Mareike Schrebergarten?“, wollte Toni wissen.

„Nun ja“, sagte Mareike, „er war schon sehr alt und krank, und dann hat er eines morgens einfach die Augen nicht mehr aufgemacht.“

Toni ließ mit ängstlichem Gesicht den Löffel in den Teller sinken. „Einfach die Augen nicht aufgemacht?“, fragte sie. „Das ist ja schrecklich. Kann das ..., ich meine, kann das mit Willi auch passieren?“

Ihre große Schwester strich ihr beruhigend über das Haar. „Da musst du keine Angst haben, Toni“, meinte sie, „Willi ist doch noch ein Kind. Der wird noch ganz viele Jahre leben.“

„Genau!“ Jetzt mischte sich Jo ein, er war immerhin der Hundepapa. „Und weißt du, Toni, er ist so fit und wuselig, ich sag dir, der wird hundert." Er lachte, beugte sich vor und hielt Toni die flache Hand hin. Toni schlug ein.

„Hundert ist okay", sagte sie. „So machen wir das. Und weißt du was, Jo? Du bist genauso nett wie Willi."

Jo erhob sich kurz von seinem Stuhl und machte eine kleine vornehme Verbeugung in Richtung Toni. „Danke", sagte er. „So nett wie Willi ist schon mal ganz schön viel, oder?"

Toni kratzte den Rest des Eintopfs von ihrem Teller und sah hoch. „Mareike, guck mal", rief sie. „Da ist jemand."

Mareike sprang auf und ging zu einer Frau, die ein Sommerkleid voller bunter Blumen und einen Strohhut trug und ihr mit blitzenden blauen Augen zulachte.

„Astrid", rief Mareike. „Schon zurück?" Die beiden umarmten sich und gaben sich einen langen Kuss. Dann setzte sich Astrid an den Tisch und blickte in die Runde. „Hey", sagte sie und guckte in den Topf, in dem noch eine Portion übriggeblieben war. „Hoher Besuch heute. Wie schön. Eure Oma hat euch schon angekündigt." Sie tunkte ihren Löffel in den Eintopf und nahm ein Stück Brot.

„Wieso seid ihr denn plötzlich alle so still?", fragte sie, nachdem sie hinuntergeschluckt hatte. „Ihr habt mich wohl gar nicht mehr erkannt, ihr beiden? Muss ich jetzt beleidigt sein?"

Sie zwinkerte Nele und Toni zu und lachte.

„Naja", begann Nele vorsichtig, „ist halt schon so lange her seit dem letzten Mal."

„Woher kennt ihr unsere Eltern denn überhaupt?", fragte Toni statt eine Antwort zu geben. „Bei uns zu

Hause wart ihr noch nie, oder?“

„Nur ein paar Mal.“ Mareike sammelte die Teller ein und stellte sie vor sich hin. „Ich war mit eurem Vater auf der Schule. Wir haben nebeneinander gesessen. Pit war so total schlecht in Mathe, er hat überhaupt nichts mit Zahlen am Hut. Na ja, ich schon.“ Sie grinste. „Er durfte immer abschreiben.“

„Und dann?“

Toni hing an ihren Lippen.

„Na ja, und dann. Ein paar Jahre nach der Schule hatte ich ihn dann mal auf dem Tisch … Blinddarm“, fügte sie hinzu, als sie in drei fragende Gesichter blickte. „Ich bin Chirurgin.“

„Und dann?“

Mareike lachte. „Und dann haben wir uns wieder aus den Augen verloren. Bis vor zwei Jahren, als ihr nebenan den Garten gepachtet habt. Aber allzu oft wart ihr ja dann auch nicht da.“

Toni sprang auf, lief um den Tisch und umarmte Mareike.

„Aber jetzt sind wir da“, rief sie entschieden. „Und ihr passt auf uns auf, wenn wir hier nachts schlafen.“

Sie tanzte um das Beet mit den Stangenbohnen herum und sang, und Willi tanzte mit seinem hellen Kläffen mit um das Beet herum, so dass einem nur vom Zugucken schon ganz schwindelig wurde.

„He, du wilde Hummel!“ Nele fischte ihre kleine Schwester von den Bohnen weg, bevor die Stangen umfielen. „Setz dich noch einen Moment.“

Mareike legte ihre Hand auf Astrids Schulter. „Wir haben beide seit gestern Urlaub“, sagte sie. „Wegfahren wollen wir in diesem Jahr nicht. Wir werden vier Wochen hier sein. Wir geben euch auch gerne ein Eckchen in unserem Kühlschrank ab, wenn ihr möchtet. Außerdem schicke ich euch gleich eine Nachricht, dann habt ihr meine Telefonnummer. Abends vor dem Schlafengehen werden wir noch mal nach euch gucken. Eure Oma möchte ja auch wissen, ob alles in Ordnung ist.“

Sie wandte sich an Jo.

„Und du, junger Mann, dich kenne ich ja noch gar nicht. Wo wirst du die Nacht verbringen?“ Ihr Tonfall war streng. Es war klar, dass sie Jo nachts nicht im Gartenhaus dulden würde, jedenfalls nicht, solange sie nicht wusste, wer er war und woher die Mädchen ihn kannten.

Jo war ganz cool. „Na, zu Hause“, sagte er. „Eine halbe Stunde von hier. Willi mag lange Spaziergänge.“

Willi wedelte zustimmend mit dem Schwanz.

„Dann ist ja alles geklärt.“ Mareike hob die rechte Hand und wackelte mit dem Zeigefinger. „Und macht keine allzu dummen Sachen, verstanden?“, sagte sie halb scherzhaft und halb im Ernst „Wenn Astrid dahinterkommt, wird es nicht spaßig. Die ist nämlich Polizistin.“

Toni starrte mit offenem Mund diese nette Frau in dem geblümten Sommerkleid an, die neben ihr saß.

„Echt jetzt?“, fragte Toni. „So richtig mit Handschellen und so?“

Sie rückte näher an Nele und sah ihre große Schwester erschrocken an. Aber Nele flüsterte ihr beruhigend ins

Ohr: „Bestimmt ist sie eine nette Polizistin, schließlich ist sie doch mit Mama und Papa befreundet."

Toni nickte, schien aber nur halb beruhigt zu sein.

Astrid hatte bemerkt, dass etwas Toni Angst machte. „Keine Sorge", sagte sie deshalb, „Mareike macht nur Spaß. Ich bin Kommissarin und arbeite meistens im Büro. Handschellen und Pistole habe ich nur bei mir, wenn ich ganz böse Jungs und Mädels fangen muss. Aber dazu seid ihr noch viel zu jung und außerdem habe ich jetzt Urlaub."

„Wir wollen noch ein bisschen mit Willi spielen, bevor Jo nach Hause gehen muss", versuchte Nele abzulenken. „Vielen Dank fürs Essen."

Die drei Kinder erhoben sich vom Tisch und gingen zur Gartenpforte.

„Ich wollte euch nicht erschrecken", sagte Mareike noch. „Tut mir leid, Toni. Die meisten Kinder finden Polizistinnen mit Handschellen und Pistolen cool."

Toni lächelte Mareike an. „Ihr seid trotzdem nett", sagte sie dann, gab beiden Frauen einen schüchternen klitzekleinen Kuss auf die Backe und rannte hinter den anderen her.

„Puh", sagte Jo, als sie ein paar Minuten später wieder nebenan waren. „Mareike ist ganz schön streng, was?"

„Das ist noch gar nichts gegen Oma Birgit", sagte Toni.

„Und wie machen wir das mit dem Schlafen?", wollte die vernünftige Nele wissen.

Toni wusste Rat.

„Im Schuppen hat Papa eine Luftmatratze liegen", sagte

sie. „Von damals, als er hier am Anfang so viel gemacht hat. Die liegt in einer grauen Plastikkiste. Die kann Jo nehmen. Und dann sollten wir noch mal nach einer längeren Leiter suchen." Sie senkte ihre Stimme. „Wir wollen doch nach dem Schatz suchen, oder was? Hast du das schon vergessen?"

Sie hörte sich ein bisschen genervt an. Jo war nett und alles, aber trotzdem. Kaum kam so ein Junge, der nun doch kein Einbrecher war, mit einem kleinen Hund um die Ecke, waren gemeinsame Pläne abgemeldet oder wie?

Nele schüttelte den Kopf. „Natürlich nicht", meinte sie. „Ich bin doch selber ganz gespannt." Sie wandte sich an Jo. „Das ist unser Geheimnis, aber ich glaube, wir können es mit dir teilen, weil du ja echt in Ordnung bist. Wir haben eine Art Außenkeller gefunden, aber wir waren noch nicht unten."

„Ist ja spannend." Jo staunte und sah sich um. „Hier?"

„Ja, hier um die Ecke. Los, Toni, dann lass uns die Leiter suchen."

Alle drei Kinder fingen am Schuppen an und suchten dann zwischen den Bäumen.

„Hier!", rief Jo plötzlich aufgeregt, „ich hab sie". Er trug die Leiter mit erhobenen Armen auf beiden Händen und setzte sie dann ab. „Ganz schön schwer, das Teil."

Es war eine Holzleiter, die trotz ihres Alters solide wirkte. Nele lehnte sie gegen einen Baum und erklomm sie Sprosse für Sprosse: Alles gut. Die Leiter trug sie.

„Also los", rief sie. „Wir erkunden das Geheimnis."

Und dann wischte sie auch schon die Zweige weg, mit

denen sie gestern die Holzbretter vor fremden Blicken gesichert hatten. Nele schnappte sich den Spaten und hob das Holz an, Jo machte sich nützlich und legte die Bretter zur Seite. Und dann standen sie um das dunkle Quadrat herum, aus dem es ziemlich muffig roch und waren nicht so ganz sicher, wie es weitergehen sollte.

Nele nickte Jo zu: „Fass mal mit an", und dann ließen sie langsam die Holzleiter herunter, die passgenau zwei Meter weiter unten am Boden landete.

„Wuff", machte Willi.

„Und jetzt?" Toni war das alles nicht so ganz geheuer, aber das zeigte sie nicht. Sie schnupperte. „Das riecht so wie in einem Burgverlies", stellte sie fest. „Gemütlich ist es da unten wohl nicht, oder?"

„Nee, glaub ich auch nicht", antwortete ihre Schwester.

„Das wollen wir doch mal sehen!"

Jo machte Anstalten, die Leiter zu besteigen. „He!" Neles scharfe Stimme hielt ihn zurück. „Was soll das? Das ist unser Projekt, und wenn jemand als erstes da runter klettert, dann ja wohl eine von uns."

Jo stieg sofort wieder heraus.

„Ich wollte nur helfen", sagte er ein bisschen beleidigt.

„Das sagen sie alle", entgegnete Nele knapp. Den Spruch kannte sie von Oma Birgit, die sich nie etwas gefallen ließ.

„Ich bin hier die Chefin. Ich brauch keine Hilfe. Und ich steige jetzt runter. Toni – oder willst du?"

Ihre kleine Schwester schüttelte den Kopf.

„Aber die Taschenlampe, Toni, die holst du mir eben, ja?" Und schon war Toni hin- und her geflitzt. Nele steckte die Lampe in die Jeanstasche und begann vorsichtig mit dem Abstieg.

Zwei Meter waren nicht viel, aber auch nicht wenig. Erst recht nicht, wenn man ins Ungewisse stieg. Und dann stand sie unten auf einem Lehmboden und schaute sich im Schein der Taschenlampe um.

Der Raum war winzig. An den Wänden standen roh gezimmerte Holzregale, in denen eine Menge staubiger Flaschen standen. Überall gab es Spinnweben, so groß wie Küchentücher, die sich im Luftzug bauschten. Wenn Nele und Toni einen Schatz erwartet hatten: Hier jedenfalls war keiner. Wahrscheinlich war der Keller vor langer Zeit als Vorratsraum benutzt worden. Das war auch schon alles.

Nele war ein bisschen enttäuscht. Sie ging näher an das Regal mit den Flaschen heran und pustete den Staub weg – huch! Irgendwann war da wohl einmal Saft drin gewesen – von den Johannisbeeren oder dem alten Kirschbaum vielleicht. Jetzt waren die Flaschen fast vollständig mit gelblichen Pilzen angefüllt, die sich im Lauf der Jahrzehnte ausgebildet hatten.

Faszinierend. Nele nahm eine Flasche, stieg die Leiter wieder hoch und reckte den Arm: „Nimm mal, Toni. Sonst ist da unten nichts. Nur Regale und Flaschen."

Toni zögerte erst, aber dann siegte die Neugier. Sie nahm mit spitzen Fingern die Flasche und fragte: „Was ist das denn?"

Auch Jo betrachtete das seltsame Objekt mit Neugier.

„Schade", sagte er. „Kein Schatz. Aber man kann nicht immer Glück haben. Immerhin haben wir einen anderen

Schatz: Willi."

„Na ja, ist ja mehr dein Schatz", sagte Nele. „Aber egal. Lass uns die Bretter wieder auflegen, damit niemand hineinfällt. Und dann überlegen, was wir heute Abend noch so machen wollen."

Wie nebenan stand auch hier unter dem alten Kirschbaum ein Tisch. Pit hatte einen aus braunem Plastik gekauft, den Suse scheußlich fand, aber er erfüllte seinen Zweck. Sie wollten spielen. Sie einigten sich auf Mensch-ärgere-Dich nicht und hatten viel Spaß, bis irgendwann Nele auf ihre Armbanduhr sah. Nicht mehr lange, und Mareike würde kommen. Sie mussten vorsichtig sein, damit diese nicht mitbekam, dass Jo nicht nach Hause ging über Nacht. Jo wurde beauftragt, eine Weile wegzubleiben, vielleicht solange irgendwo einen Liter Limo und ein Eis aufzutreiben, und als Mareike später kam, um den Mädchen eine gute Nacht zu wünschen, war alles in bester Ordnung.

Irgendwann schlüpfte Jo vorsichtig durchs Gartentor und ins Haus. Willi hatte er in seinem Hemd versteckt, und Limo und Eis hatte er auch dabei. Toni hatte schon seine Luftmatratze aufgepustet – ihr war ganz schwindelig dabei geworden – und auch eine Decke darauf gelegt.

Jo machte eine kleine Verbeugung in ihre Richtung und sagte: „Danke, Toni."

„Da nicht für, Jo", antwortete Toni formvollendet. „Aber jetzt her mit dem Eis, bevor es wegläuft.

11. Jos Geheimnis

Das Eis war schnell gegessen, alle hatten sie mit Appetit direkt aus der großen Plastikbox gelöffelt. Nur Willi saß mit sehnsüchtigen Augen auf Jos Schoß, aber sein neuer Besitzer ließ sich von den Hundeaugen nicht erweichen.

„Nein Willi, Eis ist ungesund für Hunde. Wenn du groß bist, bekommst du einen riesigen Knochen von mir. Versprochen. Aber ich habe dir Welpenfutter mitgebracht." Jo öffnete eine kleine Alubüchse und stellte sie auf den Boden.

Willi sprang hinunter, schnüffelte an der Büchse und rümpfte die Nase. Er wollte jetzt sofort genau das haben, was die Kinder mit großem Appetit in sich hineinlöffelten. Wenn sie ihn nicht verstanden, musste er eben deutlicher werden. Willi, begann zu kläffen und wild auf und ab zu hüpfen. Jo ließ erschrocken seinen Löffel fallen, packte den kleinen Hund und hielt ihm vorsichtig aber doch wirkungsvoll das Maul zu.

„Willst du wohl ruhig sein, Willi", sagte er zu dem zappelnden Hundekind. „Wenn Mareike und Astrid dich hören, müssen wir hier raus und irgendwo im Freien schlafen. Willst du das?"

Willi verstummte, als ob er Jo verstanden hätte, und der setzte ihn vorsichtig wieder ab. Wirklich blieb der kleine Hund still, rollte sich neben Jos Stuhl zusammen und begann kurz darauf zu schnarchen.

Toni nahm die Plastikbox vom Tisch und versuchte mit der Zunge auch die allerletzten Reste auszulecken. Als es wirklich gar nichts mehr zu schmecken gab, warf sie die Box mit gekonntem Schwung in den Mülleimer mit dem gelben Sack.

„Was machen wir jetzt?“, fragte sie dann.

„Willi muss nochmal raus“, antwortete Jo. „Wollen wir nicht noch einen Nachtspaziergang durch die Gartenkolonie machen?“

„Coole Idee.“ Nele war begeistert. Sie stand auf und suchte nach der Taschenlampe. „Die nehmen wir mit. Man weiß ja nie, was passiert.“

Willi war inzwischen wieder aufgewacht und sprang aufgeregt um die Kinder herum. Bevor er erneut beginnen konnte zu kläffen, nahm Jo ihn hoch und hielt ihm das kleine Maul zu.

„Toni, kannst du bitte die Leine mitnehmen? Ich muss ihn ruhighalten, bis wir weit genug von Mareike und Astrid weg sind.“

Jo ging mit Willi auf dem Arm zur Tür. Toni, die nach der Kapitänsmütze gesucht und sie nun endlich auch gefunden hatte, schnappte sich die Leine, die neben der Tür auf dem Boden lag. „Nele, kommst du bald?“, rief sie von draußen nach ihrer großen Schwester. Ganz allein in der Dunkelheit, Jo war schon ein gutes Stück voraus, war ihr doch ein bisschen unheimlich.

„Still, sei leise. Ich bin ja schon da.“ Nele schloss die Tür hinter sich und beide gingen nun hinter Jo her, der den Garten bereits verlassen hatte und eilig versuchte, weit genug weg zu kommen, um den zappelnden Willi loslassen zu können.

Schnell hatten sie Jo und Willi eingeholt. Sie gingen gemeinsam noch ein Stück, um weit genug von Mareike und Astrid entfernt zu sein, wenn sie Willi freigaben. Bestimmt würde das Hundebaby Lärm machen, sobald Jo sein Mäulchen freigab. Und wirklich, kaum saß Willi auf dem Boden, begann er auch schon mit seiner Babystimme zu kläffen.

Jo musste lachen.

„Du kannst dich noch so anstrengen, Willi, niemand glaubt dir, dass du schon ein großer starker Wachhund bist. Komm erst mal in den Stimmbruch, so wie ich." Jo brach seit einiger Zeit die Stimme manchmal weg, worauf er ganz schön stolz war. Bald wäre er erwachsen und müsste sich von niemandem mehr etwas sagen lassen.

„Gib mir bitte mal die Leine." Er drehte sich zu Toni um und streckte die Hand aus. Im selben Moment raschelte etwas in den Büschen, die am Rand des Weges wuchsen, dann huschte ein Schatten über den Fußweg, fauchte kurz und verschwand auf der anderen Seite wieder im Gebüsch. Und mit dem Schatten verschwand auch Willi. Laut bellend rannte er hinter der Katze her, das Bellen wurde leiser, schließlich wurde es still.

„So ein verdammter Mist!", schimpfte Willi. „Hoffentlich verläuft er sich nicht. Er kennt sich doch nicht aus hier. Los, wir müssen ihn suchen."

Toni nahm Nele die Taschenlampe weg und funzelte ringsum in die Büsche.

„Lass den Quatsch", fuhr Nele ihre kleine Schwester an. „Der ist doch längst nicht mehr hier im Gebüsch. Hast du nicht gesehen, wie er hinter der Katze hergerannt ist?“

„Doch, wie ein kleiner Kugelblitz.“ Toni musste trotz allem lachen. „Okay, dann müssen wir halt hinterher.“

Sie rannte los, ohne sich nach den anderen umzusehen, denen nichts übrigblieb, als hinter dem kleinen Mädchen herzulaufen.

„Willi“, rief Jo.

„Willi, wo bist du?“, tönte Neles Stimme durch die Nacht und schon ein gutes Stück voraus hörte man Tonis raue Kinderstimme rufen: „Williiie, Williiie, komm zurück!“

Die drei Kinder rannten kreuz und quer durch die Gartenkolonie. Hier und da ertönte ein zorniger Ruf aus der Nacht: „Ruhe!“, aber sie kümmerten sich nicht darum. Schließlich blieben sie atemlos stehen. Willi war weg, er konnte überall in den Gärten sein, sie konnten aber nur auf den Wegen suchen, wenn sie nicht riesigen Ärger bekommen wollten. Und überhaupt, wo sollten sie anfangen mit Suchen, der kleine Hund konnte überall und nirgends sein.

„Bestimmt hat der kleine Willi ganz schreckliche Angst.“

Toni weinte fast vor Mitleid mit dem Hundekind, das sich, wie sie glaubte, in der dunklen Nacht mindestens so fürchtete, wie sie selbst sich ohne Nele und Jo gefürchtet hätte.

„Warum läuft er auch einfach weg.“

Jo war sauer, aber dann überwog doch die Sorge.

„Wie sollen wir ihn bloß finden?“

„Wir gehen zu unserem Gartenhaus“, schlug Nele vor. „Vielleicht ist er ja zurückgelaufen. Auf dem Weg dorthin können wir ja weiter nach ihm suchen."

Jo war einverstanden und Toni war alles recht, Hauptsache die Großen waren bei ihr. Laut rufend gingen sie den Weg zurück und wirklich, vor der verschlossenen Haustür saß ein kleines schwarz-weißes Fellknäuel, dem das schlechte Gewissen anzusehen war. Willi fiepste kleinlaut, aber Jo schimpfte ihn nicht. Im Gegenteil.

„Guter Hund", sagte Jo. „Toller Hund. Du hast nach Hause gefunden. Gut gemacht." Er streichelte den Kleinen und erklärte den Mädchen: „Man darf nicht schimpfen, wenn es schon vorbei ist, was ein Hund angestellt hat. Willi würde nicht verstehen, dass ich vom Weglaufen rede. Wenn ich ihn jetzt schimpfe, denkt er, ich schimpfe ihn, weil er zurückgekommen ist."

„Du kennst dich aus", sagte Nele anerkennend und Toni begann nun auch, Willi zu loben, dafür dass er so brav nach Hause gelaufen war.

Dann fiel ein großer Schatten über die Kinder, die mit dem Rücken zum Gartentörchen vor Willi auf dem Boden hockten. Der kleine Hund versuchte zu knurren, aber es hörte sich nicht wirklich bedrohlich an.

„Das musst du noch üben", lachte Mareike. „Aber es ist ja auch noch kein Wachhund vom Himmel gefallen. Das wird schon noch."

Erschrocken drehten die drei Kinder sich um.

„Was macht ihr denn für einen Lärm?", fragte Mareike. „Und warum seid ihr noch nicht zu Hause, Jo? Du und Willi?"

„Ich, also, wir ..." Jo fiel keine Ausrede ein und so

schwieg er einfach.

Mareike öffnete die Tür zum Haus, sah die Luftmatratze auf dem Boden liegen und Jos Sachen daneben und wusste Bescheid. „Hab ich es mir doch gedacht", sagte sie nur. „Bist du etwa von zu Hause ausgerissen?" Mareike wartete die Antwort nicht ab.

„Astrid hat ein Feuer gemacht, holt euch was zu trinken und dann kommt rüber zu uns. Ich glaube, wir müssen mal reden."

Zehn Minuten später saßen alle auf alten bequemen Gartenstühlen um das Feuer, das Astrid in einem großen Eisenkorb angezündet hatte.

Toni wirkte auf die Frauen ähnlich kleinlaut wie Willi kurz zuvor auf die Kinder, als er sie vor der Haustür erwartet hatte. Nele und Jo versuchten angestrengt, sich ihre Anspannung möglichst nicht anmerken zu lassen.

Mareike musste sich ein Grinsen verkneifen, als sie die drei so ums Feuer sitzen sah, ließ sie aber noch ein wenig schmoren. Astrid stocherte versonnen mit einem Ast in der Glut und der kleine Willi hatte sich neben Jo zusammengerollt und schnarchte.

Schließlich fand Mareike, sie hätten sich nun lange genug angeschwiegen.

„Nun erzähl mal, Jo. Wer bist du? Wer sind deine Eltern? Was willst du hier und warum hast du mich vorhin angelogen?"

„Jo ist ein Freund von uns und Papa und Mama haben gesagt, wir dürfen auch Freunde bei uns übernachten lassen." Nele sah Mareike herausfordernd an.

„Ich habe Jo gefragt. Kann er nicht selbst antworten?" Mareike kehrte wieder ihre strenge Seite nach außen. Sie kannte sich nicht wirklich mit Kindern aus und glaubte, mit Strenge könnte sie am meisten erreichen.

„Du machst ihnen Angst, Mareike", mischte sich nun Astrid ein. „Sie ist gar nicht so böse wie sie manchmal tut", sagte sie dann. „Erzählt einfach mal, was passiert ist. Erklärt uns doch, warum Jo bei euch übernachten muss – ihr scheint euch nämlich noch nicht so lange zu kennen, wie man Freunde gewöhnlich kennt, die man bei sich übernachten lässt."

„Okay", Jo zuckte mit den Schultern. „Sie haben recht. Wir haben uns erst heute Nachmittag kennengelernt."

Er sah Nele und Toni an. „Man kann ihr nichts vormachen", schien sein Blick zu sagen. Dann wandte er sich wieder an Astrid. „Aber Sie müssen mir versprechen, dass Sie mich nicht verraten."

„Nun rück endlich mit der Wahrheit raus!" Jetzt war Mareike nicht mehr streng, weil sie es sein wollte, sondern weil sie langsam wirklich sauer wurde. Sie konnte es nicht leiden, wenn man sie belog und sie hatte keinerlei Geduld mit Leuten, die stundenlang um den heißen Brei herumredeten, wie sie das nannte.

„Schsch." Astrid legte ihren Arm um Mareikes Schulter. „Lass mich mal machen", hieß das wohl.

„Ich verspreche dir, dass ich nicht als Polizistin zuhöre, Jo, sondern nur als Astrid." Sie sah den Jungen an. „Einverstanden? Mehr geht wirklich nicht, solange ich nicht weiß, was du ausgefressen hast."

„Nichts hat er ausgefressen“, brüllte nun Toni los. Diese Polizistin sollte ihren Freund Jo doch einfach in Ruhe lassen. „Sein Vater ist ein Zombie und er hat Willi getreten und er wollte ihn Jo wegnehmen.“ Da fiel ihr plötzlich etwas ein. Vielleicht war es ja gar nicht so schlecht, dass Astrid eine Polizistin war. „Du könntest Jos Papa doch einsperren, Astrid. Er ist ein Tierquäler und er hat Jo gehauen.“

„Jetzt mal ganz langsam und von vorne.“

Astrid war zugleich amüsiert über Tonis Art, kein Blatt vor den Mund zu nehmen, und erschrocken über das, was sie gesagt hatte.

„So schnell wird hier niemand eingesperrt. Außerdem habe ich Urlaub.“

Mareike kicherte. Sie ging schnell in die Luft, aber genauso schnell beruhigte sie sich auch wieder.

„Lasst den Jungen doch einfach mal erzählen. Wir werden ihm schon nicht gleich den Kopf abreißen, Toni. Egal, was passiert ist.“

Nun erzählte Jo von Anfang an. Vom Tod seiner Mutter und dass sein Vater damit einfach nicht zurechtkam. Er erzählte, dass Hubert angefangen hatte zu trinken und dass man ihm deshalb gekündigt hatte. Dass er nun keine Arbeit mehr hatte, viel zu wenig Geld für sich und Jo, nur für den Alkohol reichte es immer irgendwie. Jo durfte kein Handy haben, er durfte nicht mit ins Landschulheim fahren, er bekam nicht die Turnschuhe, die er sich wünschte. Immer hieß es: „Wir haben kein Geld dafür.“ Wenn Jo dann aufmuckte und sagte „aber für den

Schnaps reicht es doch auch“, dann wurde Hubert wütend und schlug zu.

„Solange meine Mama gelebt hat, war er der beste Papa der Welt“, sagte Jo nach einer kleinen Pause. „Aber jetzt ist er nur noch der blöde Hubert, der mir nichts erlaubt und total oft gewalttätig wird.“

Er hatte Tränen in den Augen.

„Gestern hat er Willi gegen den Kühlschrank getreten und gesagt, wenn ich ihn nicht zurückbringe, tritt er ihn tot. Aber Willi ist doch noch so klein. Da habe ich ihn genommen und bin abgehauen und habe mich in Neles und Tonis Gartenhaus versteckt.“

„War das die ganze Geschichte?“ Mareike und Astrid sahen die Kinder abwartend an.

Nele nickte wild und Toni sagte: „Genau. Dann haben wir ihn im Haus gefunden. Und jetzt muss er bei uns bleiben. Mit Willi.“

Astrid stand auf und kam kurz darauf mit einer Schüssel voller Teig zurück.

„Seht ihr die Stöcke, die dort an der Wand lehnen?“, fragte sie dann. Nehmt euch jeweils einen Stock, dann macht ihr an die Spitze eine Teigwurst und haltet sie ins Feuer.“

„Stockbrot, auja“, sagte Nele und stand auf. „Das haben wir mal bei einem Schulausflug gemacht. Schmeckt total lecker.“ Sie nahm sich einen Stock und gab Toni und Jo ebenfalls je einen.

Es kehrte Ruhe ein, man hörte nur hin und wieder ein leises Schnarchen von Willi.

Als alle ihre Stöcke über das Feuer hielten und warteten, dass der Teig zu Brot wurde, begann Astrid leise zu sprechen.

„Schlimme Geschichte, Jo", sagte sie. „Ich will dir helfen, aber du kannst nicht einfach bei Nele und Toni bleiben. Das geht nicht. Es gibt Gesetze und nach dem Gesetz musst du bei deinem Vater wohnen."

„Gesetze sind doof", nölte Toni, widmete sich dann aber wieder ihrem Stock.

„Er kann nicht zurück." Nele nahm das Stockbrot aus dem Feuer und besah es sich genau von allen Seiten. „Er kann nicht zurück, wenn sein Vater ihn schlägt. Da müsst ihr doch was dagegen tun", wandte sie sich dann an Mareike und Astrid. „Erwachsene müssen Kindern helfen, wisst ihr das nicht?" Sie war empört.

„Nele, ich will ihm doch helfen", antwortete Astrid. „Hast du nicht zugehört? Aber er kann nicht einfach bei euch bleiben. Das geht nicht."

„Aber …"

„Bitte lass mich mal ausreden, Nele. Wir werden einen Weg finden. Aber ich kann nicht einfach Jos Papa einsperren, wie Toni das vorgeschlagen hat, und Jo wohnt dann bei euch. Außerdem, was würden denn eure Eltern dazu sagen?"

„Morgen rufen sie uns an. Wir haben feste Telefonzeiten ausgemacht. Morgen rufen sie an und dann sagen wir es ihnen einfach. Er bleibt bei uns. Basta." Für Toni war die Sache klar.

„So einfach ist das leider nicht. Toni, das musst du mir

glauben. Ich würde es Jo wünschen, aber es geht nicht. Willst du, dass sein Vater ihn von der Polizei holen lässt?" Sie zwinkerte Toni zu. „Mit Handschellen und Pistole?"

„Ist nicht lustig", grummelte Toni. „Wie geht es dann?"

„Morgen nach dem Frühstück gehe ich mit Jo zu Hubert nach Hause. Dann rede ich mal mit ihm."

„Nimmst du die Handschellen mit?", fragte Toni.

„Nein, natürlich nicht. Erst mal muss ich ihn die Geschichte erzählen lassen. Bisher kenne ich sie nur von Jo. Halt mal dein Stockbrot hoch, Toni."

Toni tat wie geheißen und sah Astrid fragend an. Astrid saß direkt gegenüber.

„Schau dein Stockbrot an, Toni. Ist es schon braun gebrannt oder noch weiß?"

„Es ist weiß und hat ein paar braune Stellen."

„Wie viele braune Flecken siehst du, Toni?"

„Vier", antwortete Toni und wunderte sich. Was wollte Astrid von ihr?

„Wenn ich dein Stockbrot ansehe, dann sind da, warte mal, eins, zwei ... acht braune Stellen."

Toni drehte den Stock.

„Stimmt", sagte sie, „ich sollte wohl mal wenden."

„Das solltest du", lachte Astrid. „Aber das habe ich nicht gemeint. Mit Jos Geschichte ist es wie mit deinem Stockbrot. Wenn man von verschiedenen Seiten draufschaut, sieht man unterschiedliche Dinge. Du siehst vier braune Stellen und ich acht. Jo sieht die Sache zwischen sich und Hubert anders als sein Vater. Deshalb lasse ich mir morgen die Geschichte von Hubert auch nochmal erzählen.

Und dann sehen wir, was wir machen können."

Toni sah bewundernd zu Astrid. „Wow, du bist ganz schön schlau", sagte sie dann.

„Nicht wahr?", meldete sich Mareike zu Wort. „Eine kluge Frau habe ich da gefunden. Aber eins ist klar. Ganz egal, wie Hubert die Sache sieht, er muss aufhören zu trinken. Vielleicht wird er dann wieder der beste Papa der Welt. Jo, was meinst du?"

„Das wäre schön. Helft ihr ihm dabei?"

Astrid nickte. „Ja, das werden wir, Jo. Allerdings ist das ganz schön schwer. Das geht nicht einfach so. Vielleicht muss er dazu längere Zeit in eine Klinik gehen."

„Dann kannst du ja wenigstens so lange bei uns wohnen", freute sich Nele. „Das wird fein. Ich spreche gleich morgen mit unseren Eltern."

Mareike lachte. „Vergiss nicht, von Willi zu erzählen", sagte sie. „Mögen eure Eltern Hunde?"

„Nur nicht so eilig", unterbrach Astrid. „Erstmal besuchen wir morgen Hubert und dann sehen wir weiter."

Sie nahm einen großen Schluck aus ihrem Glas. „Und jetzt zu dir Toni."

Toni erschrak und drehte schnell ihr Stockbrot um. Es war auf Astrids Seite fast dunkelbraun geworden.

„Jetzt erzählst du mir mal, warum du dich vor Polizistinnen fürchtest, Toni."

Toni rutschte unruhig auf ihrem Gartenstuhl herum.

„Also", begann sie schließlich, „also ich ..." Sie wusste nicht weiter und sah ihre große Schwester hilfesuchend an. Nele war es auch ein wenig unangenehm, aber sie war sich bewusst, dass sie die Große war und Toni helfen musste. Wenn man etwas gefragt wird, muss man auch antworten, so hatten es ihr die Eltern beigebracht und Astrid war ja auch ziemlich nett. Aber gerade das brachte Nele jetzt in Schwierigkeiten. Wie sollte man einer netten Polizistin erklären, warum man Polizistinnen und Polizisten nicht immer nett fand?

Mareike bemerkte, dass auch Nele nicht recht wusste, wie sie Astrids Frage an Toni beantworten sollte, und wollte helfen. „Habt ihr was angestellt und habt Angst, dass es herauskommt? Das wird schon nicht so schlimm sein. Außerdem seid ihr noch Kinder, euch kann doch gar nicht viel passieren. Erzählt einfach mal, Astrid tut euch bestimmt nichts."

Jo nahm den kleinen Willi auf den Schoß und streichelte ihn. Auch er war gespannt, was die beiden Mädchen ausgefressen hatten.

„Was denkst du denn!"

Nele war eingeschnappt. Warum glaubte Mareike, sie hätten etwas angestellt, nur weil sie die Polizei nicht mochten? Es war doch immer wieder das Gleiche. Aber nun war sie sauer und das half ihr, Astrids Frage zu beantworten, ohne sich weiter darum zu kümmern, wie sie es aufnehmen würde.

„Wir haben nichts gemacht", blaffte sie die Frauen an. „Die Polizei nervt eben oft, auch wenn wir nichts gemacht haben. Außerdem hat Toni Schiss, wenn sie ein Polizeiauto sieht, seit damals in Göttingen."

Astrid und Mareike sahen sich erstaunt an, dann fragte

Astrid: „Was war denn damals in Göttingen? Was ist da passiert?“

Toni blies auf ihr Stockbrot und begann dann daran zu nagen. Sie tat, als wäre sie nicht anwesend. Einerseits war sie froh, dass Nele für sie antwortete, andererseits hätte ihre Schwester ja nicht unbedingt erzählen müssen, dass die coole Toni mit der Kapitänsmütze sich vor Polizeiautos fürchtete.

„Wir haben echt nichts gemacht“, sagte Nele noch einmal und sie klang noch immer ziemlich angefressen.

„Schon gut, Mareike hat das nicht böse gemeint“, versuchte Astrid das Mädchen zu besänftigen. „Fang einfach mal an und erzähle uns, was passiert ist.“

„Okay.“ Nele nahm einen großen Schluck aus ihrer Limoflasche und begann zu erzählen.

„Es ist schon ein paar Jahre her. Wir haben Oma und Opa in Göttingen besucht und dann haben wir alle zusammen einen Spaziergang durch die Stadt gemacht. Vorne gingen Papa und Oma Waltraud und ein Stück weiter hinten wir beide mit Opa und Mama. Opa war damals schon nicht mehr so gut zu Fuß, deshalb blieben wir immer ein wenig zurück. Dann blieben Papa und Oma Waltraud irgendwo stehen und sahen in ein Schaufenster oder so und wir holten wieder auf. Plötzlich, als wieder ein größerer Abstand zwischen uns war, kamen zwei Polizeiautos angefahren. Sie fuhren auf den Gehweg und eins hielt vor uns und eins hinter uns. Dann sprangen aus dem ersten Auto zwei Polizisten heraus und stellten sich vor uns auf. ‚Wir haben Sie nun schon eine ganze Weile beobachtet', sagten sie zu Mama und Opa. ,Warum verfolgen Sie die weiße alte Frau da vorne?'"

Nele verdrehte die Augen, nahm noch einen Schluck Limo und sprach dann weiter.

„Opa begann zu lachen und wenn Opa lacht, ist das immer ziemlich laut. ,Ich verfolge meine Frau, weil sie sich gerade mit meinem Schwiegersohn davonmachen will', sagte er dann und zwinkerte den Polizisten zu. Das fanden die aber gar nicht lustig und winkten den beiden Polizistinnen, die im Auto hinter uns saßen. Die stiegen dann aus und wollten Opa zum Auto bringen. Opa stolperte und fiel gegen einen der Polizisten.

,Sehen Sie nicht, dass mein Vater schlecht zu Fuß ist?', rief Mama erschrocken und auch ein bisschen wütend. ,So passen sie doch auf!'"

Nele brach ein Stück von ihrem Stockbrot ab und betrachtete es geistesabwesend.

„,Sie kommen auch mit', sagte nun eine der Polizistinnen. ,Ist doch immer wieder das gleiche mit euch Flüchtlingen. Könnt ihr euer Geld nicht auf anständige Art und Weise verdienen, statt alten Frauen die Handtasche zu klauen?' Sie versuchte, Toni von Mama wegzuziehen, aber die hielt sich so fest, als wäre sie superstark.'"

Nele sah in die Runde und verzog das Gesicht.

„Ich bin superstark." Toni war wieder aufgewacht. „Klar bin ich superstark. Ich habe Mama festgehalten und du bist bloß weggelaufen."

„Quatsch, ich bin nicht weggelaufen, ich bin zu Oma und Papa gelaufen, um sie zu holen, weil die so weit vorne waren, dass sie gar nichts mitbekommen hatten."

Als die beiden Mädchen schwiegen fragte Astrid leise: „Und was passierte dann?"

„Papa kam angerannt und hat uns gerettet", erzählte Toni stolz.

„Papa und Oma kamen zu uns und erklärten alles und dann fuhren die Polizeiautos wieder weg. Wir sind dann auch gleich nach Hause gegangen. Papa, Mama und Oma waren stinksauer und hatten keine Lust mehr auf Stadtbummel. Nur Opa lachte immer noch und Toni hat seither immer Angst, wenn ..."

„Halt die Klappe", unterbrach Toni. „Ich habe keine Angst, ich will nur meine Ruhe."

„Ist euch so was denn hier in der Stadt auch schon passiert?", fragte Astrid, nachdem eine Weile niemand etwas gesagt hatte.

Nele zuckte mit den Schultern.

„So schlimm wie in Göttingen nicht", sagte sie dann. „Sie schauen manchmal in unsere Taschen, wenn wir mit Mama allein aus dem Kaufhaus kommen. ‚Könnt ihr euch das denn leisten?', fragen sie dann, wenn Mama den Kassenzettel zeigt."

Jetzt mischte sich Toni ein.

„‚Bei euch zu Hause gibt es das wohl nicht?', hat mich mal eine Polizistin gefragt, weil ich ein neues Computerspiel im Rucksack hatte, das ich mir von meinem Taschengeld gekauft habe", erzählte sie. „‚Bist wohl froh, dass du hier so tolle Sachen kaufen kannst, bevor man dich wieder dorthin zurückschickt, wo du hergekommen bist.' Aber dann stand plötzlich Papa hinter mir", kicherte sie los. „„Passen Sie mal auf, dass man Sie nicht in Ihr Kuhdorf hinter den Sieben Bergen zurückschickt', hat er gesagt. ,Ich werde mich beschweren, dass Sie meine Tochter so dumm anquatschen. Haben sie Ihren Abschluss als Polizistin in der Lotterie gewonnen?'"

„Wenn Papa mit uns unterwegs ist lassen sie uns in Ruhe, aber wenn wir mit Mama allein in der Stadt sind, schaut oft wer in unsere Taschen", erzählte Nele.

Da sprang Willi kläffend von Jos Schoß und rannte los.

„O, ein Kaninchen", sagte Jo. „Guckt mal."

Wilde Haken schlagend verließ ein kleines Fellknäuel das Salatbeet und verschwand im Gebüsch. Willi saß da und wunderte sich, weil er nicht mitbekommen hatte, wohin der braune Blitz so schnell verschwunden war.

„Kinder, es ist Zeit schlafen zu gehen", sagte Mareike, als Willi wieder eingefangen war und alle sich beruhigt hatten.

„Ich spreche mal mit euren Eltern, wenn sie wieder da sind", sagte Astrid, während sich schon alle erhoben. „Wir müssen da was unternehmen. Es war mir nicht klar, dass es noch so viele Kollegen und Kolleginnen gibt, die euch auf die Nerven gehen, weil ihr Schwarz seid. Danke ihr beiden, dass ihr mir das erzählt habt. Und nun geht schnell in eure Betten. Morgen müssen wir alle ausgeschlafen sein, wenn wir Jos Papa besuchen wollen."

Die Kinder bedankten sich höflich für den Abend am Feuer und das leckere Stockbrot und gingen mit Willi ins Gartenhaus. Sie schlossen die Tür ab und stellten ein paar Solarlichter auf, die tagsüber genügend Sonne für die ganze Nacht getankt hatten. Auch wenn es keines von den Dreien zugegeben hätte, es war ihnen doch allen ein bisschen unheimlich in der Dunkelheit.

Und dann putzten alle drei ihre Zähne nicht, legten sich auf ihre Matratzen, tranken Limo und aßen Kekse und redeten, bis ihnen irgendwann die Augen zufielen.

12. Hubert schämt sich

Als Hubert am nächsten Morgen aufwachte, es war noch früh, gegen halb acht, war ihm so übel, dass sich ihm auf dem Klo der Magen umdrehte. Er richtet sich keuchend von der Kloschüssel auf und sah sich im Spiegel ins Gesicht. Er sah einen Mann von Mitte vierzig, der rote Augen und schlimme Tränensäcke hatte, einen dichten hellen Haarschopf und ziemlich viele Falten auf der Stirn. Der traurig aussah und sehr müde und … er zögerte, bevor er das Wort leise aussprach, einfach sehr versoffen.

Er senkte die Augen.

Er schämte sich so vor sich selbst, dass er den eigenen Anblick nicht aushielt. Mein Gott, was war nur aus ihm geworden. Er putzte sich die Zähne und stellte sich unter die Dusche. Während er sich gründlich einseifte, kamen so langsam die Erinnerungen an den gestrigen Abend zurück. An seine Schwägerin Martha, die sich um ihn gekümmert hatte. Die ihn schließlich ins Bett gebracht hatte, als wäre er ein ungezogenes Kind. Er erinnerte sich an den bösen Streit mit Jo und daran, dass er diesem süßen kleinen Hund einen Tritt verpasst hatte, so dass er jaulend gegen den Kühlschrank flog.

Und er erinnerte sich an den Blick seines Sohnes. Wut und Unverständnis und helle Empörung hatten darin gelegen. Und Abscheu vor seinem eigenen Vater. Er war sehr betrunken gewesen, trotzdem stand dieser Blick vor seinem inneren Auge, wie ein Blitz auf ewig in die Netzhaut eingebrannt. Er stöhnte auf.

Er stieg aus der Dusche, trocknete sich ab. Benutzte seit Tagen das erste Mal wieder ein Deo. Nun sah er doch noch einmal in den Spiegel und entschloss sich, den Bart endlich abzunehmen. Glatt rasiert sah er jünger aus und auch gepflegter, das wusste er. Er nahm das Rasierwasser, das seine Frau so geliebt hatte und presste danach die Hände vor sein Gesicht. Ach, Regina! Zwei Jahre war sie tot, und wenn er an sie dachte, ihr liebevolles sanftes Wesen, wurde seine Scham noch größer: Was würde sie nur sagen, wenn sie ihn so sehen könnte? Sehen könnte, wie er soff und zuschlug und sich langsam aber sicher zu einer Art Monster entwickelte. Und ihr gemeinsamer Sohn zu einem Jugendlichen, der nicht wusste, wo er hingehörte, der verstört und traurig war.

„Du musst zur Besinnung kommen, Hubert!“, hatte gestern Martha zu ihm gesagt, auch daran erinnerte er sich schemenhaft. „Du wirst sonst alle Menschen an deiner Seite verlieren, willst du das?!“

Willst du das, Hubert?!

Nein, natürlich wollte er das nicht. Er stützte sich auf dem Waschbecken ab, gab sich dann einen Ruck und lief durch den Flur zu Jos Zimmer. Er horchte. Kein Laut, auch der kleine Hund verhielt sich ganz ruhig. Hubert drückte vorsichtig die Klinke herunter. Er hatte plötzlich eine riesige Sehnsucht danach, sein Kind schlafend zu sehen, dieses Jungengesicht im Schlaf entspannt, die Stirn unter dem hellen dichten Schopf. Den hatte er von ihm geerbt. Er blinzelte ein paar Tränen aus den Augen und hielt die Luft an. Das Bett war leer. Auf der gestreiften

Decke lag wie gestern früh schon der Prospekt für Mountainbikes, den Hubert für Jo aus dem Briefkasten geholt hatte. Es war ganz klar: Seitdem war dieses Bett nicht mehr benutzt worden.

Hubert rieb sich die Stirn. Er verstand das nicht. Wo war Jo geblieben? Das hatte er noch nie gemacht. Über Nacht war er immer zu Hause gewesen. Hubert stolperte ins Wohnzimmer. Die Balkontür stand offen. Auf dem Tisch war ein Glas umgefallen. Eine zerknüllte Chipstüte, Bierdosen. Und eine halbvolle Flasche Wodka. Er trat nach draußen, zögerte nur kurz … und setzte dann die Flasche an die Lippen. Einen Schluck – dann würde es ihm etwas besser gehen.

Er seufzte tief, merkte, wie ihm der Alkohol durch die Adern rauschte und drückte sein schlechtes Gewissen zur Seite. Er räumte auf, brachte alles in die Küche. Den Wodka stellte er ganz hinten in den Schrank zu den Gewürzen. Dann traf ihn mit Macht die Sorge um seinen Sohn. Er sah auf die Uhr. Gleich neun, Martha wäre schon wach. Sie hatte Urlaub im Moment. Erst am Wochenende wollte sie eine Freundin in Holland besuchen, die als Malerin in der Nähe von Amsterdam lebte.

„Wie jetzt?", fragte Marthas warme lebhafte Stimme. „Er ist nicht zu Hause gewesen?" Kleine Pause. „Das ist ja komisch. Hm, hm …"

Hubert wartete. Er fühlte sich völlig hilflos und ohne jede Idee, was man nun tun könnte. Martha war taff, die würde wissen, was zu unternehmen war.

Aber Martha wusste es auch nicht.

„Er war sehr verletzt gestern, Hubert. Und unheimlich wütend, als du seinen Hund getreten hast.“ Sie überlegte. „Ja, jetzt weiß ich es wieder. Er hat angekündigt, dass er mit einem wie dir nie mehr unter einem Dach schlafen will. Aber was das nun genau heißt ... Wohin oder zu wem er gegangen ist? Keine Ahnung. Vielleicht solltest du mal seine Freunde abtelefonieren? Vielleicht ist er da irgendwo.“

Hubert dachte an den Wodka im Gewürzschrank und schluckte seinen Speichel herunter. Jetzt bloß nicht wieder richtig anfangen, das wäre sein Untergang.

„Das ist eine gute Idee, Martha“, sagt er unbeholfen. „Und bitte, entschuldige mein Verhalten gestern, auch dir gegenüber. Ich weiß, dass es nicht einfach ist mit mir. Bitte ... “, jetzt weinte er fast, „versuche noch einmal, das zu entschuldigen, Martha, ja?“

Er hörte selbst, wie flehend seine Stimme klang.

„Na ja“, sagte Martha. „kein Problem, wenn es nur noch einmal ist. Aber irgendwann ist das ausgereizt, sogar bei mir. Und dieses ‚irgendwann‘ ist verdammt nah. Ich habe dir gestern ein paar Takte dazu gesagt, Hubert. Jetzt oder nie. Sonst hast du bald niemanden mehr. Mich auch nicht.“

Hubert hörte, wie ihr Smartphone klingelte.

„Ich muss los, Hubert.“

Und dann hatte sie auch schon aufgelegt.

Hubert ging in die Küche und rührte sich etwas Müsli in Joghurt ein. Er nahm vorsichtig ein paar Löffel, kaute langsam, probierte, ob er das Ganze bei sich behalten konnte. Dann machte er sich einen Schnellkaffee und setzte sich auf den Balkon. Die alte Dame unter ihm war schwerhörig. Die Wohnung über ihm stand im Moment leer. Er hoffte, dass der lautstarke Streit gestern einigermaßen unbemerkt geblieben war. Obwohl: Streitigkeiten waren hier in der Siedlung immer mal wieder zu hören. Kein Wunder, wenn man so eng aufeinander hockte.

Er überlegte. Natürlich hatte er nicht die geringste Ahnung, ob sein Sohn Freunde hatte und wenn ja, wie sie hießen und wie sie zu erreichen waren. Aber ... Moment, gab es da nicht diesen Tobias, dessen Eltern in dem Jugendstilviertel in der Südstadt wohnten? Hatten die nicht dieses Café in der Ahornstraße, wo es oft Ausstellungen gab und Livemusik?

Das war der einzige Anknüpfungspunkt für eine Suche nach Jo. Für eine Vermisstenmeldung bei der Polizei war es noch zu früh. Hubert zog eine helle Hose an und ein gestreiftes Hemd und schlüpfte in seine Sandalen. Umhängetasche, dunkle Brille. Ein Glück, dass die Sonne schien, sonst wäre er damit aufgefallen. Ohne Brille hätte er sich niemals rausgetraut. Er schloss die Wohnungstür hinter sich und machte sich auf den Weg.

Das Café erkannte er sofort wieder. Es war ein Eckcafé, ganz typisch für die alten Straßen des Viertels. Gemütlich sah es aus, mit den Tischen und Stühlen draußen und den hellen Sonnenschirmen. Als Hubert näherkam, sah er, dass aus dem Café – Café Einstein hieß es, jetzt erinnerte er sich wieder – ein tamilisches Lokal geworden war. „Sweet Chili“ hieß der Laden jetzt. Über dem

Eingang standen der Name und eine große rote Pfefferschote – Chili eben.

Das Lokal wurde gerade geöffnet. Wahrscheinlich begannen in der Küche schon die Vorbereitungen für den Mittagstisch. Eine junge Frau legte bunte Kissen auf die Stühle und sortierte die Speise- und Getränkekarten. Sie sah auf und lächelte, als Hubert zu ihr trat.

„Bitte entschuldigen Sie“, sagte Hubert. „Ich suche einen Jungen, dessen Eltern früher dieses Café hatten. Ich weiß leider nur den Vornamen des Jungen: Tobias. Wissen Sie, wo die Leute geblieben sind?“

„Moment, ich frage mal nach.“

Die junge Frau verschwand im Innern des Ladens und kam zwei Minuten später zurück. „Bedaure“, sagte sie. „Niemand weiß etwas Genaues. Die Köchin glaubt, dass sie nach Süddeutschland gezogen sind, aber, wie schon gesagt …“ Sie zuckte mit den Schultern.

„Trotzdem, danke!“

Hubert rückte die Brille zurecht, versuchte ein Lächeln und machte, dass er davonkam. Die junge Frau hatte ihn unsicher gemacht, er hatte gefürchtet, sie würde seine Fahne riechen, die er sicher noch hatte. Und ihm ansehen, wer er eigentlich war: ein gewalttätiger Schlägertyp, so wie gestern Abend und wie so oft davor. Ein Typ, vor dem sogar der eigene Sohn geflohen war.

Er brauchte dringend etwas zu trinken.

Am Kiosk gegenüber bestellte er eine Cola, trank sie in einem Zug leer und überlegte. Er hatte einfach keine zweite Idee, wie er Jo ausfindig machen konnte. Vielleicht würde es ihm guttun, einfach einen Spaziergang durch die Gartenkolonie zu machen. So wie früher oft mit seiner Frau, die Gärten und Blumen geliebt hatte. Und vielleicht würde er es schaffen, ohne dass ihn die Erinnerung an früher überwältigte. Er musste einfach lernen, damit umzugehen, dass er nun allein war.

Das erste Mal in seinem Leben dachte Hubert ernsthaft an eine Therapie. Wie viele Leute, die er kannte, hatten schon eine Therapie gemacht. Und alle berichteten, wie gut ihnen das getan hatte, wieviel sie gelernt hatten, wieviel stärker und froher sie geworden waren. Martha auch. Martha erzählte allen, die es hören wollten (und denen, die es nicht hören wollten, auch), dass es für sie eine wirklich gute Zeit gewesen war. Anstrengend, aber gut. Sie war schon einunddreißig Jahre alt gewesen und hatte sich immer noch nicht getraut sich selbst einzugestehen, dass sie Frauen lieber mochte als Männer. „Martha mit den wilden roten Locken", wie Hubert sie insgeheim nannte, war nach der Therapie zur Aktivistin geworden. Demos, Diskussionsrunden, Workshops. Interviews für die Zeitung ... Ehrensache: Wo was los war, krempelte sie die Ärmel hoch. Die sanfte Regina hatte ihre Schwester immer für deren Mut bewundert.

Auch Martha hatte ihm zu einer Therapie geraten. Schon öfter, aber gestern so eindringlich wie nie. Und verdammt noch mal, dachte er, und kickte einen Stein zur Seite, er würde das jetzt endlich in Angriff nehmen.

Als er in das Gartengelände eintrat und den schmalen Kiesweg entlanglief, wurde er sofort ruhiger. Er hörte plötzlich die Vögel zwitschern und das Summen der Insekten und dann dieser Duft nach Blüten und Blumen – es war einfach wunderschön. Er schloss einen Moment die Augen, um dies alles in sich aufzunehmen und erschrak, als wie aus dem Nichts ein großer Hund um die Ecke schoss, der etwas kleines Pelziges verfolgte – ein Kaninchen vielleicht. Dann hörte er ein wütendes Gekläffe und das Geschrei einer entnervten Männerstimme. Ein Jaulen. Und dann war es wieder ruhig.

Er setzte seinen Weg fort und stutzte, als er unter einer Bank ein Fiepen hörte. Das war ein kleiner Hund – war der das gewesen, der eben verfolgt worden war. War das nicht …? Er runzelte die Stirn. War das nicht der Hund, den Jo gestern mit nach Hause gebracht hatte? Das hatte er trotz seines Zustands noch mitgekriegt, wie niedlich der Hund gewesen war. Schwarz-weiß und wuschelig, mit einem weißen Brustlätzchen und stämmigen Pfoten.

Er bückte sich und streckte seine Hand aus. Der Kleine hechelte, er blutete an einem Ohr, das so seltsam abgeknickt erschien. Der Hund erkannte ihn nicht, was ein Glück war. Sonst hätte er sicher das Weite gesucht.

„Komm her, mein Kleiner“, flüsterte Hubert. „Komm, ich will dir helfen.“ Und wirklich kam der kleine Hund näher und leckte ihm fiepend die Hand.

Hubert nahm ihn vorsichtig hoch. Dass sein Hemd schmutzig wurde, interessierte ihn nicht. Er drückte ein Taschentuch auf das Hundeohr und überlegte, was er tun sollte. Vielleicht sollte er eine Praxis für Kleintiere aufsuchen – aber wo um Himmels Willen gab es so etwas? Er verdrehte die Schulter, um in der Hosentasche an sein Handy zu kommen.

Und dann hörte er sie. Kinderstimmen. Eine davon war die Stimme von Jo.

Und etwas weiter die Stimmen von zwei Frauen, die ziemlich aufgeregt klangen.

Bevor er realisieren konnte, was sich da eigentlich abspielte, stand plötzlich sein Sohn vor ihm. Schwitzend, außer Atem und zornesrot. Jo griff mit der linken Hand nach dem Hund, der sich zappelnd aus Huberts Arm zu befreien versuchte, dann hatte er ihn auch schon auf dem Arm und versetzte mit der rechten Hand seinem Vater einen harten Schlag vor die Brust.

„Wie kommst du an meinen Hund, hä?" Jo war außer sich, wie noch nie in seinem Leben. „Was hattest du vor gerade, hä? Was willst du hier, wo kommst du überhaupt her?"

Und wieder stieß er Hubert die Faust vor die Brust. „Geh doch zurück", schrie er. „Zu deinen Wodkaflaschen und Bierdosen und deinem ganzen bescheuerten versoffenen Leben. Ich jedenfalls gehöre da nicht mehr dazu."

Mittlerweile waren Nele und Toni eingetroffen und standen mit offenen Mündern hinter ihrem neuen Freund. Toni drehte aufgeregt die Kapitänsmütze zwischen den Fingern und klopfte dann sachte gegen Jos Unterarm. „Jo", sagte Toni, „ich will ja nicht weiter stören, weißt du. Aber guck mal, Willi blutet so. Sollte man nicht was tun?"

Jo beugte sich zu ihr.

„Danke Toni", sagte er. „Du bist die Beste."

Er vergaß für einen Moment seine Wut und untersuchte Willi, der sich in seine Armbeuge schmiegte. Schmerzen schien er nicht zu haben. „Es ist nur ein kleiner Riss", sagte Jo, „an dem abgeknickten Ohr. Sieht schlimmer aus, als es ist. Ich werde es gleich in der Villa Kunterbunt versorgen. Ihr habt doch diesen Verbandskasten da."

„Genau", rief Nele. „Ich helfe dir. Pit hat mir damals genau erklärt, was da alles drin ist."

„Ich weiß das übrigens auch", rief Toni und setzte mit energischer Geste ihre Kapitänsmütze auf. „Dann sag ich mal: Ahoi", rief Toni.

Die Kinder wandten sich ab. Jo ließ seinen Vater einfach stehen und spuckte wie zufällig neben seine Füße in den Kies.

„Na na", mahnte eine dunkle Frauenstimme. „Das ist aber nicht die feine englische Art, mein Freund." Astrid war mit Mareike endlich auch eingetroffen, um zu sehen, was hier eigentlich los war.

„Das ist der Papa von Jo, der mit den ganzen Bierdosen und Wodkaflaschen" trompete Toni und baute sich vor Hubert auf. „Er hat Willi getreten und Jo schlimm gehauen, das muss man sich mal vorstellen." Sie stemmte die Arme in ihre Hüften und sah an Hubert hoch, der immerhin eins Achtzig war.

„Mit mir machste sowas nich", erklärte Toni mit fester Stimme. „Und mit Willi auch nicht mehr. Sonst mach ich das nämlich mit dir. Du Flachmann!"

Das Wort liebte Oma Birgit, wenn es um doofe Männer ging, und Toni fand das gut und Hubert ziemlich doof.

Mareike legte den Arm um Toni, beugte sich zu ihr und flüsterte ihr etwas zu.

„Na gut, sage ich halt nichts", sagte Toni gedehnt. „Aber nur, weil du es bist."

Mareike richtete sich wieder auf und sah Hubert mit scharfem Blick ins Gesicht. „Zufälle gibt es", sagte sie. „Da kreuzt Jos Vater rein zufällig hier im Kleingarten auf."

Sie sah Astrid an. „Was sagst du dazu?"

„Was soll ich sagen? Eigentlich ganz praktisch. Sonst hätten wir uns zu Ihnen rausbemühen müssen", erklärte sie in Huberts Richtung. „Wissen Sie, wir sind der Meinung, es gibt Gesprächsbedarf. Und zwar sehr dringend."

13. Es gibt immer eine Lösung

Hubert wirkte für einen Erwachsenen ziemlich kleinlaut, fand Jo. Erst recht für seinen oft so wütenden Vater. Wie ein kleiner Junge stand er vor Astrid, die sich in voller Größe vor ihm aufgebaut hatte, wie sie es bei der Arbeit in kritischen Situationen gelernt hatte. Aber schon nach wenigen Sekunden hatte er sich wieder gefangen und wurde der erwachsene und in letzter Zeit häufig unangenehme Mann.

„Wie meinen Sie das – Gesprächsbedarf?“, fragte er laut. „Wer sind Sie überhaupt? Ich habe nichts mit Ihnen zu besprechen.“ Dass er sich vor noch nicht einmal zwei Stunden vorgenommen hatte, eine Therapie zu beginnen und alles besser zu machen, hatte er schon wieder vergessen.

„Ich geh mal Kaffee kochen“, tönte Mareike dazwischen. „Dann können wir gleich in Ruhe über alles reden. Kommt einfach nach, wenn ihr euch einig geworden seid.“ Sie stieg über den Gartenzaun, hinüber in ihren eigenen Garten. Es war besser, glaubte sie, wenn Astrid und Hubert das erst einmal ohne sie regelten.

Hubert wollte aber keinen Kaffee und er wollte nichts besprechen. Er drehte sich um und machte einen Schritt Richtung Gartentür.

„Jo, wir gehen. Den Hund kannst du meinetwegen behalten, wenn du mir versprichst, dass du ganz allein für ihn sorgst. Aber jetzt kommst du auf der Stelle mit mir nach Hause!“ Er schüttelte den Kopf und brummte:

„Einfach über Nacht wegbleiben, wo gibt es denn so was?“ Er sprach mehr zu sich selbst als zu Jo. „Man macht sich doch Sorgen als Vater.“

Jo sah unsicher zu Nele und Toni. Er wusste nicht, was er tun sollte. Doch da kam ihm auch schon Toni zu Hilfe.

„Sie sind doch gar kein richtiger Vater“, knurrte sie Hubert an. „Wer kleine Hunde tritt und Kinder schlägt ist kein Vater, sondern ein Ar…“

„Stopp!“, griff nun Astrid ein. „Halt einfach mal die Luft an, Toni, ich regle das schon.“

„Aber ist doch wahr“, maulte Toni beleidigt, schwieg dann aber. Sie schob sich dramatisch die Kapitänsmütze so weit in die Stirn, dass sie Hubert nicht mehr sehen musste.

Jos Vater verschränkte die Arme vor der Brust. Er griff in seine Gesäßtasche, zog einen Flachmann heraus und nahm einen großen Schluck.

Toni begann zu kichern und murmelte: „Der Flachmann hat einen Flachmann in der Tasche“, verstummte aber als Astrid ihr einen bösen Blick zuwarf.

Ich sollte jetzt nicht trinken, dachte Hubert, leerte die kleine Flasche mit dem nächsten Schluck und durchsuchte seine Taschen nach mehr.

„Was ist hier eigentlich los?“, fragte er herausfordernd. Seine Stimme hörte sich bedrohlich an und Nele stellte sich vorsichtshalber vor ihre kleine Schwester, um sie notfalls zu schützen. Jo nahm Willi auf den Arm und zog sich ein paar Schritte zurück.

„Was soll das alles?“, polterte Hubert erneut. „Eine alte

Tusse und ein Schokoladenmädchen wollen mir Vorschriften machen?“

Kurze Zeit war es totenstill, dann ertönte eine furchterregende Stimme aus dem Hintergrund.

„Das sagen Sie nicht nochmal, Sie rassistischer Mistkerl, sonst passiert etwas, was Sie sich lieber gar nicht vorstellen wollen.“

Oma Birgit hatte, als sie von ihrem Ausflug zurückgekommen war, in der Wohnung niemanden angetroffen und sich deshalb gleich auf den Weg in die Gartenkolonie gemacht. Ein bisschen zwickte sie ihr Gewissen, denn anstatt das E-Bike für den kurzen Weg zu nehmen, war sie einfach ins Auto gesprungen. Aber sie hatte es eilig und wie es schien, hatte sie die richtige Entscheidung getroffen. Sie war genau zum passenden Zeitpunkt eingetroffen.

Wenn Oma Birgit wütend wurde, konnte man Angst vor ihr bekommen und wenn jemand Nele oder Toni beleidigte und dann auch noch auf eine solche Art und Weise, dann wurde ihr Zorn riesengroß.

Jetzt war auch Toni nicht mehr zu bremsen. Sie schob die Mütze nach oben und strahlte ihre Großmutter an. Verstärkung in Gestalt von Oma Birgit – besser ging es gar nicht. Sie lief zu voller Form auf und schubste Nele, die noch immer vor ihr stand, beiseite.

„Schokomädchen?“, brüllte sie. „Wo ist mein Riiiechsalz? Du hast doch überhaupt keine Ahnung, du Quarkgesicht. Astrid ist nämlich die Polizei, und sie hat eine Pistole!“

Nele erschrak zuerst, musste dann aber lachen. Auch Jo kicherte leise und bei dem Wort „Quarkgesicht“ bekam er einen Schluckauf. Darüber musste Nele noch mehr lachen, irgendwann gluckste auch Toni und schließlich fielen auch Astrid und Oma Birgit in das Gelächter mit ein.

Hubert stand wütend zwischen den Frauen und den Kindern und wusste nicht, wo er zuerst hinsehen und wie er sich verhalten sollte.

Astrid beruhigte sich als Erste.

„Toni hat recht“, begann sie. „Ich bin Polizistin und wenn Sie nicht mit mir reden wollen, dann schicke ich Ihnen das Jugendamt nach Hause. Dann sehen Sie Ihren Sohn so schnell nicht wieder.“

Jos Schluckauf verging mit einem Schlag.

„Wie meint sie das?“, flüsterte er Nele zu. Er war noch blasser geworden als er sowieso schon gewesen war. „Ich gehe nicht ins Heim.“

„Quatsch“, versuchte Nele den Jungen zu beruhigen. „Das meint Astrid nicht so. Sie macht deinem Vater nur Angst. Außerdem“, ihr war nun wieder eingefallen, was sie schon am Abend zuvor am Lagerfeuer überlegt hatte, „außerdem könntest du doch bei uns wohnen. Das wäre voll cool.“

In Jos Gesicht ging die Sonne auf. „Willi auch?“, fragte er dann.

Nele nickte. „Na klar, Willi gehört doch zu dir.“

„Aber ob deine Eltern das auch gut finden?“ Der Junge war wieder ernst geworden. „Toni hat doch gesagt, ihr dürft keinen Hund haben.“

Nun mischte sich Toni ein, die dem Gespräch interessiert zugehört hatte. „Sie müssen. Sonst ziehen wir einfach auch aus und wohnen mit dir hier im Gartenhaus." Sie überlegte kurz. „Wir könnten auch sagen, wir ziehen mit dir und Willi zu den Punks unter die Brücke. Ich glaube, das wirkt besser." Sie grinste durchtrieben.

„Riiiechsalz", schrie sie dann plötzlich los. „Wo ist mein Riechsalz?"

Astrid und Hubert starrten sie verständnislos an, nur Oma Birgit bekam gleich den nächsten Lachanfall.

Hubert wirkte ziemlich verwirrt. Er schnäuzte sich erst einmal und warf das Taschentuch ins Gebüsch.

„Nun müllen Sie auch noch unseren Garten zu?"

Oma Birgit verging das Lachen. Der Ernst der Lage wurde ihr wieder bewusst. Sie machte einen großen Schritt auf Hubert zu und der wich erschrocken zurück.

„Sagen Sie mal, was bilden Sie sich eigentlich ein? Sammeln Sie sofort das Taschentuch wieder ein."

Hubert schlüpfte wirklich in den Busch, holte das Taschentuch heraus und steckte es in die Tasche.

„Tschuldigung", sagte er leise. Seine Hände zitterten leicht.

In diesem Moment erschien Mareike am Zaun.

„Wo bleibst ihr denn so lange?", rief sie. „Der Kaffee ist schon lange fertig und Kekse habe ich auch noch gefunden. Nun kommt endlich."

Ohne Widerspruch oder weitere Diskussion folgten alle der Aufforderung und machten sich auf den Weg in den Nachbargarten. Nicht über den Zaun wie Mareike vorhin, sondern durch die Gartentür. Hubert trottete wortlos hinter den anderen her. Er war vollkommen hilflos. Das alles überforderte ihn gerade total. Eine Kommissarin mit oder ohne Pistole, die Kinder, allen voran dieses freche kleine Mädchen, und dann tauchte noch diese zornige Frau auf … Und alle redeten sie auf ihn ein. Dabei wollte er nur seine Ruhe zurückhaben. Und Jo, aber Jo wollte nicht mit ihm kommen.

Die Drohung Astrids wirkte: Hubert hatte Angst, dass Jo gar nicht mehr nach Hause kommen würde. Obwohl er sich ihm gegenüber häufig so unmöglich verhielt in letzter Zeit, konnte er sich nicht vorstellen, ohne Jo zu leben. Es schien keinen Ausweg zu geben, als sich mit dieser Astrid und der anderen Frau, Mareike hieß sie, erinnerte er sich nach kurzem Überlegen, zu unterhalten. Was blieb ihm schon übrig? Also ging er mit.

Es fiel Astrid und Mareike nicht schwer, nach dem Kaffee Hubert zu überzeugen. Er hatte einfach keine Wahl. Sie sprachen leise und entschieden auf ihn ein, während die Kinder ein paar Meter weiter saßen und mit gespitzten Ohren versuchten, von dem Gespräch etwas mitzukriegen. Alkoholentzug in einer entsprechenden Klinik und Therapie müssten sein, und im Anschluss würde er Jo zurückbekommen, erklärten sie ihm. Oder, natürlich, gab es auch Möglichkeit zwei: Wenn er sich weigerte, würde man ihm Jo für immer wegnehmen.

Kurz versuchte Hubert mit eigenen Argumenten durchzukommen, aber gegen Astrid, Mareike und Oma Birgit hatte er keine Chance. Schließlich sah er ein, dass ihm nichts anderes übrigblieb, als zu tun, was ihm die Frauen rieten, wenn er Jo behalten wollte. Außerdem hatte er selbst ja auch schon über eine Therapie nachgedacht, und erst heute Vormittag hatte er noch beschlossen, es endlich anzugehen.

„Ich mache alles, was Sie vorschlagen", sagte er schließlich. „Aber kann ich vielleicht einen Schluck Wein oder so was bekommen?"

Jo wollte gerade anfangen zu heulen – kapierte der Alte denn gar nichts? – da kam Mareike, die den Jungen die ganze Zeit über im Blick gehabt hatte, herüber und nahm ihn in den Arm.

„Keine Angst Jo, alles wird gut. Dein Vater hat verstanden, glaube ich. Er will dich nicht verlieren, also wird er auch alles dafür tun, dass er dich behalten darf. Aber dein Papa ist krank, verstehst du? Deshalb muss er ja in die Klinik, damit er gesund wird. Und solange er krank ist, braucht er eben Alkohol und deshalb mache ich jetzt eine gute Flasche Wein auf. Für uns alle – und ein bisschen eben auch für Hubert."

Mareike stand auf, um den Wein zu holen. Jo hatte zwar verstanden, was sie ihm über Hubert und seine Krankheit erklären wollte, aber warum jetzt alle Erwachsenen Wein trinken wollten, wo man doch an seinem Vater genau sah, was das für Folgen hatte, verstand er nicht.

„Ich will nie erwachsen werden", flüsterte er Nele und Toni zu. „Erwachsene sind ziemlich seltsam, findet ihr nicht auch?"

Toni nickte heftig und auch Nele neigte den Kopf

zustimmend.

„Wollen wir mal rüber in unseren Garten gehen?", fragte Toni kurz darauf. „Mir ist langweilig."

Nele nickte zustimmend. „Gute Idee. Was Neues gibt es hier sowieso nicht mehr zu erfahren."

Ohne dass es jemand bemerkte, verließen die drei mit Willi zusammen den Garten und gingen nach nebenan ins Gartenhäuschen.

„Wir müssen einen Plan machen", sagte Nele und ließ sich mit Schwung auf die Couch fallen. Jo füllte Willis Wasserschüssel und Toni durchsuchte die restlichen Vorräte nach Trinkbarem. Bei Mareike und Astrid hatte es zwar Milch und Kakao gegeben, aber Toni hatte jetzt einen riesigen Limonadendurst. Endlich wurde sie fündig.

„Ob ich wohl eine Therapie gegen meine Limonadensucht machen sollte?", fragte sie, setzte die Flasche an und trank sie auf einen Zug leer.

„Das ist nicht lustig", antworteten Nele und Jo gleichzeitig ziemlich laut und Toni erschrak.

„Hab ich nicht so gemeint", sagte sie. „Ich …, also ich glaube, ich brauche mein Riechsalz."

Nele lachte und Jo fragte genervt: „Was hast du denn dauernd mit deinem Riechsalz?"

Toni dachte kurz nach und stellte fest, dass sie jetzt keine Lust hatte, zu erklären, was es damit auf sich hatte.

„Keine Ahnung", sagte sie deshalb. „Irgendwas mit einer Prinzessin oder so. Finde ich halt witzig. Aber nun lasst uns endlich den Plan machen." Sie sah Nele an. „Wofür eigentlich?"

Nele und Jo kicherten.

„Du bist vielleicht eine Nummer", kicherte Nele dann. „Ein Gedächtnis wie ein Sieb." Dann wurde sie ernst. „Wir müssen doch schon mal wissen, was mit Jo passiert, solange sein Papa in der Klinik ist. Bevor die Erwachsenen sich irgendwelchen Unsinn ausdenken."

„Ach das." Toni winkte ab. „Jo kommt zu uns, das ist doch klar, haben wir doch schon besprochen."

„Aber was ist, wenn mein Vater oder das Jugendamt sagen, ich soll ins Heim? Oder zu Tante Martha?" Jo war unruhig und ängstlich. So sehr er sich wünschte, dass Hubert eine Therapie machte und endlich wieder der Papa wurde, der er früher gewesen war, so sehr fürchtete er sich davor, was während dieser Zeit mit ihm selbst geschehen würde.

„Ist sie nicht nett, deine Tante Martha?", fragte Toni.

„Doch, schon, aber bei ihr zu Hause ist es fürchterlich langweilig. Es gibt keine anderen Kinder in der Umgebung und bestimmt hat sie auch keine Computerspiele. Alte Leute haben so was nicht."

„Das kannst du nicht wissen", warf Toni ein. „Oma Birgit ist bestimmt viel älter als deine Tante und die zockt auch."

„Ja, vielleicht", gab Jo zu. „Aber vor allem kann Willi nicht mitkommen, weil meine Tante eine Hundehaarallergie hat."

„Okay, dann geht das auf keinen Fall." Nele hörte sich zufrieden an. „Ist doch ein super Argument. So einen kleinen Hund kann man nicht allein lassen. Du bist doch jetzt seine Mama" – Toni kicherte – „meinetwegen auch sein

Papa", korrigierte Nele. „Also darf man euch nicht trennen. Basta."

„Absolut", sagte Toni. Das Wort war ihr gerade eingefallen und sie beschloss, dass dies nun ihr neues Lieblingswort sein sollte. Noch vor Riechsalz.

„Absolut richtig", wiederholte sie. „Also kommt Jo zu uns. Basta."

„Habt ihr denn überhaupt genug Platz für einen Jungen und seinen Hund zusätzlich?", fragte Jo ängstlich.

„Also der Garten ist jedenfalls groß genug", erklärte Nele. „Du darfst auch auf meinen Apfelbaum klettern, wenn du magst."

„Absolut", sagte Toni. „Wir stellen einfach ein Zelt in den Garten für euch beide."

Nele schüttelte mit dem Kopf. „Da hat bestimmt das Jugendamt was dagegen. Die lassen einen Jungen nicht im Zelt schlafen, glaube ich. Lieber stecken sie ihn ins Heim. Ist zwar bescheuert, aber es sind halt Erwachsene. Aber wir können doch eine Matratze in mein Zimmer legen oder ins Wohnzimmer oder … oder … oder so."

Toni dachte nach und dann schüttelte sie den Kopf. „Ich glaube, das mit dem Wohnzimmer findet Mama nicht so gut."

Jo saß da, hielt Willi auf dem Schoß und streichelte ihn. Man konnte sehen, dass er Angst davor hatte, was ihn in nächster Zeit erwartete.

„Ihr könnt sie ja mal fragen", sagte er vorsichtig.

„Wir fragen erst, wenn wir einen Plan B haben", antwortete Nele.

„Was für einen Planbe?“, fragte Toni. „Was soll das denn sein?“

„Ein Plan B ist das, was man machen kann, wenn der erste Plan nicht klappt, du Baby.“ Manchmal war Toni eben doch noch sehr klein, fand Nele, auch wenn ihre große Klappe einen das oft vergessen ließ.

„Ich bin kein Baby“, protestierte Toni empört. „Ich habe dich nur nicht richtig verstanden. Wenn du halt auch immer so nuschelst. Klar, ich weiß doch schon lange, was ein Planbe ist. Absolut.“

Eine Weile blieb es still, nur Willi fiepste hin und wieder, weil er sich langweilte.

„Jo könnte ja vielleicht auch bei Oma Birgit wohnen“, sagte Nele dann.

Jo war nicht sehr begeistert von dem Gedanken, aber er wusste nicht, was er dagegen einwenden sollte. Besser als das Kinderheim war es auf jeden Fall, auch wenn es bei Oma Birgit bestimmt nicht viel spannender war als bei Tante Martha. Immerhin könnte er Willi mitnehmen. Und einen Computer gab es auch.

„Joschie“, brüllte Toni aufgeregt durchs Gartenhäuschen. „Joschie.“

„Ich heiße Jo“, sagte Jo verständnislos.

„Weiß ich doch, absolut.“ Toni warf die Kapitänsmütze in die Luft und fing sie mit dem Kopf wieder auf. „Nele, ich hab‘s. Joschie hat doch seine riesige Wohnung ganz für sich allein seit seine Freundin ausgezogen ist.“ Dann fiel ihr ein, dass Jo vielleicht eine Erklärung brauchte. „Joschie gehört das Haus, in dem wir auch wohnen. Er wohnt oben und wir unten. Und Joschie ist total lieb und hat viel Platz." Sie wandte sich wieder an ihre Schwester.

„Das wäre doch cool. Dann wären Jo und Willi bei uns im Haus und Jo könnte bei uns essen und wir könnten zusammen spielen und zum Schlafen geht er dann halt zu Joschie."

Bevor Nele antworten konnte, schnappte sich Toni das Handy, das auf dem Tisch lag, wählte und wartete. Sie wartete sehr lange, dann sagte sie enttäuscht: „Er geht nicht ran." Empört fragte sie dann: „Warum geht Joschie einfach nicht ran, wenn ich ihn anrufe?"

Nele lachte. „Vielleicht sitzt er grad auf dem Klo oder er hat sonst was Wichtiges zu tun. Du kannst es ja später nochmal probieren. Die Idee ist jedenfalls mega."

„Absolut", nickte Toni besänftigt und auch Jo konnte wieder lachen. „Ich glaube, irgendwas fällt euch beiden immer ein, da müssen wir uns keine Sorgen machen, was Willi?"

14. Alle halten zusammen

Die Kinder beschlossen, nun wo alles geklärt war, eine Runde Mau-Mau zu spielen. Sie holten die Spielkarten und gingen nach draußen. Dort setzten sie sich unter dem großen Kirschbaum an den Tisch und spielten eine Runde nach der anderen. Noch Wochen später würde Toni behaupten, dass sie kurz vor dem haushohen Sieg stand, als die ersten Tropfen fielen und der erste Donner krachte. Blitze zuckten über den Himmel und es donnerte so gewaltig, als würde im nächsten Moment die Welt untergehen. Da tauchte auch schon mit wehenden Röcken und klingelnden Ohrringen Oma Birgit auf und trieb die Kinder zusammen wie eine Glucke ihre Küken.

„Sofort weg vom Baum, wenn es blitzt“, rief sie empört. „Hat euch das denn noch keiner gesagt?“

Die Kinder sprangen auf und rannten zum Gartenhaus. Dort wollten sie sich unterstellen, bis der Regen vorbei war, aber Oma Birgit hatte andere Pläne.

„Wir fahren nach Hause, wer weiß ob die alte Hütte regendicht ist“, sagte sie, „und einen Blitzableiter gibt es bestimmt auch nicht. Kommt, kommt, bevor es noch schlimmer wird. Holt eure Sachen und dann los. Hopp hopp, Kinder!“

Da wurde es schon schlimmer: Es goss plötzlich wie aus Eimern und die Blitze leuchteten am Himmel fast ohne Pause.

Alle liefen zur Hochform auf. Sie rannten im Sauseschritt den Weg entlang, ganz hinten der kleine Willi mit fliegenden Ohren. Neben den Ohren flatterte der weiße Verband, der sich in der Nässe gelöst hatte, das sah sehr lustig aus. Als sie den Parkplatz vor der Gartenkolonie erreichten, waren alle völlig durchnässt. Oma Birgit schloss das Auto auf, sie stiegen schnell ein und dann warfen sie aufatmend die Türen des alten Kastenautos zu, mit dem Oma Birgit manchmal mit anderen Omas Camping machte. Willi schüttelte sich. Alle mussten lachen und weil sie sowieso schon so nass waren, brauchten sie sich die Tropfen, die er dabei verteilt hatte, gar nicht erst von den Armen wischen. Dann krachte es wieder so schlimm, dass sie die Köpfe einzogen und Oma Birgit startete mit quietschenden Reifen durch.

„Wir fahren jetzt", rief Oma Birgit, was völlig überflüssig war, denn das hatten natürlich alle schon gemerkt.

„Die anderen", sagte Jo zögernd, „was ist mit ihnen?"

„Die sind auch nach Hause", sagte Birgit. „Sie setzen Hubert in eurer Wohnung ab, Jo, und Mareike hat eben schon deine Tante Martha telefonisch erreicht. Sie hat versprochen, gleich zu kommen. Morgen werden sich Mareike und Astrid dann darum kümmern, dass Hubert bald einen Platz in der Klinik bekommt."

Sie drehte sich zu Jo und landete in einer riesigen Pfütze. Rechts und links an den Fenstern spritzte das Wasser meterhoch.

„Uiii", sagte Oma Birgit entzückt und riss das Steuer herum. „Ist das cool."

„Man soll beim Autofahren nach vorne gucken", sagte Nele, die sich erschrocken hatte. „Absolut!", stimmte Toni zu, die Haltung bewahrte. „Jedenfalls lernt man das doch so in der Fahrschule … oder, Nele?!"

„Schon gut." Ihre Großmutter lachte und schaltete einen Gang herunter. „Ihr habt ja recht. Jetzt fahren wir erstmal zu mir, dort gibt es heißen Kakao und wir machen es uns gemütlich. Mau-Mau können wir auch bei mir am Küchentisch spielen, was meint ihr?"

„Absolut", meinte Toni mit glänzenden Augen und knetete in Vorfreude auf den Sieg ihre Kapitänsmütze.

„Wuff", machte Willi, obwohl er gar nicht gemeint gewesen war. Denn kleine Hunde können zwar ziemlich viel. Aber Mau-Mau spielen – das können sie nicht.

Zuallererst mussten sich aber alle frische Sachen anziehen, denn sie waren bis auf die Haut nass geworden. Jo bekam eine Hose von Oma Birgit und ein Hemd, das sie in ihrem Schrank fand und von dem niemand wusste, wem es einmal gehört hatte. Jo sah ein wenig verkleidet aus, fand Toni.

Dann erzählten die Kinder von ihren Plänen für Jo, während Hubert in der Klinik bleiben musste. Oma Birgit konnte gut verstehen, dass der Junge nicht ins Heim wollte und versprach, noch am gleichen Abend mit Pit und Suse zu telefonieren.

„Du kannst ihnen sagen, wir ziehen alle zu den Punks unter die Brücke, wenn Jo nicht bei uns bleiben darf", sagte Nele dann noch, um der Sache Nachdruck zu verleihen. „Bei uns oder bei Joschie."

„Absolut!", bekräftigte Toni. Nur Jo schwieg, denn er traute dem Frieden noch nicht.

Später am Abend telefonierte Birgit sehr lange mit ihrem Sohn Pit. Die Kinder hatten Pizza gebacken und ein bisschen ferngesehen. Birgit hatte Jo und Willi das Schlafsofa in dem kleinen Zimmer neben dem Bad zurechtgemacht, wo sie ansonsten bügelte oder die Wäsche aufhängte. Zum Kartenspielen war es gar nicht mehr gekommen, so todmüde waren die Kinder gewesen.

„Ein Krimi, Pit", sagte Birgit und schenkte sich Rotwein in ihr Glas. „Der Vater des Jungen ist wegen des Todes seiner Frau völlig aus der Bahn geraten und hat das Trinken angefangen. Schrecklich. Dabei ist Jo ein ganz Lieber. Sehr sensibel und höflich auch. Aber er ist völlig verzweifelt, weil sein Vater von Tag zu Tag gewalttätiger wird. Was da mit Willi passiert ist ..., du glaubst das nicht."

Sie erzählte lange und beantwortete viele Fragen und wollte dann hören, wie es Pit und Suse bei den Ausgrabungen ging.

In zehn Tagen würden sie schon zurückkommen, sie wären viel schneller vorangekommen als sie gedacht hatten, sagte Pit und richtete Grüße von Suse aus. Die war gerade mit einer Bekannten aus England unterwegs, die sie fast jedes Mal bei ihren archäologischen Projekten trafen.

„Das trifft sich ja gut", sagte Oma Birgit. „So lange kann Jo noch bei mir bleiben. Aber dann müssen wir eine andere Lösung finden. Ich habe noch viel vor in diesem Sommer, da kann ich keinen Jungen mit Hund gebrauchen."

„Ich rede mit Suse", sagte Pit abschließend. „Aber du

kennst Suse ja, Mutter. Sie hat ein riesengroßes Herz. Ich glaube nicht, dass sie etwas gegen einen sensiblen höflichen Jungen und einen kleinen Hund einzuwenden hat."

„Ach, da ist noch was, womit du sie überzeugen kannst", fiel Oma Birgit plötzlich ein und sie kicherte ins Telefon. „Deine Töchter haben beschlossen, wenn ihr Jo nicht aufnehmt, dann ziehen sie mit ihm und Willi zu den Punks unter die Brücke."

Pit lachte.

„Dann bleibt uns ja gar nichts anderes übrig, als zuzustimmen", sagte er dann. „Von wem sie das nur haben, die kleinen Rabauken? Von mir bestimmt nicht."

Er überhörte Oma Birgits Einwand „ich wüsste nicht, von wem sonst", und sagte dann wieder ernst: „Macht euch keine Sorgen. Wir halten alle zusammen. Und den Vater des Jungen kriegen wir auch wieder auf die Beine. Wie es aussieht, will er ja. Und dann schafft er das auch. Du wirst sehen: Alles wird gut."

* * *

In der Nacht schien ein riesengroßer gelber Mond durch das Fenster von Nele und Toni. Ihre große Schwester schnarchte ganz leise, aber Toni konnte einfach nicht schlafen, obwohl sie sich die größte, wirklich die allergrößte Mühe gab. Sie lauschte in den Flur, wo sie – trapp, trapp – leise Schritte hörte. Bestimmt war das Jo? Sie öffnete leise die Tür und sah, wie Jo mit gesenktem Kopf in Oma Birgits Bügelzimmer verschwand. Sie überlegte nur kurz, dann lief sie auf Zehenspitzen Richtung Bügelzimmer und drückte die Tür auf.

„Wuff“, machte Willi, aber nur leise, denn er war klug und hatte verstanden, dass jetzt Nacht war.

„Jo?“, flüsterte Toni.

„Hmmm?“

Jo setzte sich auf und sah erstaunt hoch.

„Mach mal Platz“, sagte Toni energisch. „Ich kann nicht schlafen.“

Jo rückte an die Wand und Toni schlüpfte mit unter die Decke, wo am Fußende Willi seine kleine rote Zunge zeigte.

„Und“, sagte Toni, „weißt du auch, warum nicht?“

„Weil Vollmond ist“, meinte Jo. „Weißt du, da können viele Leute nicht so gut schlafen.“

„Papperlapapp“, sagte Toni laut, das Wort kannte sie von früher aus dem Kasperletheater, und schlug sich dann die Hand vor den Mund. „Oje, hoffentlich hat Oma Birgit einen guten Schlaf.“

Sie lauschte, war beruhigt, als sich nichts regte und grinste zufrieden. Dann stützte sie sich auf die Ellbogen und sah Jo ernst ins Gesicht.

„Wegen dem Schatz“, raunte sie. „Wegen dem kann ich nicht schlafen. Stell dir vor: die ganzen Flaschen da unten in dem Keller neben dem Gartenhaus. Da sind sooo viele alte Flaschen drin, die voll mit glänzenden kost-bar-sten Pilzen sind.“ Sie drehte sich auf den Rücken und verschränkte die Arme hinter dem Kopf.

„Demnächst“, sagte sie geheimnisvoll und sah an die Decke, „werde ich reich wie die Prinzessin Riechsalz sein. Zu meinem Flohmarkstand werden sie alle kommen, Knechte und Mägde und die Kaufleute und die gekrönten Häupter. Jeden Preis werden sie zahlen für die alten Flaschen mit dem kostbaren Gut, Jo. Jeden Preis, und dann …“

Und dann war Toni auch schon eingeschlafen.

Maria Braig geboren 1957 in Isny im Allgäu.
Studium der Germanistik, Geschichte und Empirischen Kulturwissenschaft in München und Tübingen. Sie lebt heute in Osnabrück.
Mehr unter www.maria-braig.de

Ursula Maria Wartmann geboren 1953 in Oberhausen/Rheinland. Studierte Soziologin. Gelernte Redakteurin. Langjährige Tätigkeit als Journalistin in Hessen, Hamburg, NRW. Ihre Genres sind u.a. Roman, Erzählung, Essay, seit 2019 auch Lyrik. Verschiedene Auszeichnungen und Preise. Lebt in Dortmund.
Mehr unter www.ursula-maria-wartmann.de

ISBN 978-3-7584-5278-9
9 783758 452789 00001
www.epubli.com